鲁秀萍 著

雨薇的书香

YUWEI DE
SHUXIANG
HONGLOU

红楼

知识产权出版社
全国百佳图书出版单位
——北京——

图书在版编目（CIP）数据

雨薇的书香红楼 / 鲁秀萍著. —北京：知识产权出版社，2020.4
ISBN 978-7-5130-6820-8

Ⅰ. ①雨… Ⅱ. ①鲁… Ⅲ. ①散文集—中国—当代 Ⅳ. ①I267

中国版本图书馆 CIP 数据核字（2020）第 041331 号

内容提要：

本书系散文集，作者精读《红楼梦》后，有感而发，从人物性格、人物表现、事件背后的价值观等方面，深入剖析了《红楼梦》。本书分为四个篇章，分别是：如花美眷，似水流年；百味人生，不一样的路；《红楼梦》的那些事儿；说不尽的《红楼梦》。文笔细腻温婉，内容通俗易懂，是初步了解《红楼梦》的必读之作。

责任编辑：李婧　　　　　　　　　责任印制：孙婷婷

雨薇的书香红楼

鲁秀萍　著

出版发行：	知识产权出版社有限责任公司	网　址：	http://www.ipph.cn	
			http://www.laichushu.com	
电　话：	010-82004826			
社　址：	北京市海淀区气象路 50 号院	邮　编：	100081	
责编电话：	010-82000860 转 8594	责编邮箱：	laichushu@cnipr.com	
发行电话：	010-82000860 转 8101	发行传真：	010-82000893	
印　刷：	北京建宏印刷有限公司	经　销：	各大网上书店、新华书店及相关书店	
开　本：	710mm×1000mm　1/16	印　张：	13.5	
版　次：	2020 年 4 月第 1 版	印　次：	2020 年 4 月第 1 次印刷	
字　数：	220 千字	定　价：	56.00 元	

ISBN 978-7-5130-6820-8

出版权专有　侵权必究
如有印装质量问题，本社负责调换。

我心中的《红楼梦》

今天,让我们一起走近中国古典文学名著《红楼梦》,这部小说自从问世以来,经久不衰,许多人为之痴迷。《红楼梦》被改编为电影、戏剧、电视剧等艺术形式,深受观众的喜爱,其中一些诗词还被谱成了歌曲广为传唱。许多学者、文学创作者,都深深地热爱着《红楼梦》,胡适、张爱玲、周汝昌、王蒙,中国台湾的欧丽娟、蒋勋、白先勇等,也很喜爱这部小说。清代的《京都竹枝词》说:"开谈不说红楼梦,读尽诗书也枉然。"

《红楼梦》究竟是一部怎样的小说,为什么有那么大的魅力,为什么会有这么多人喜欢呢?《红楼梦》是中国小说史上的顶峰,是中国传统文化的代表作之一,是封建社会的百科全书,内涵特别丰富,描绘出形形色色的人物以及丰富多彩的社会生活画卷,博大精深,难以超越。《红楼梦》中包含着神话、佛学、道家、儒家等思想意识。在文化艺术方面包括音乐、戏曲、诗词曲赋、匾额、对联、灯谜、酒令、书法、绘画、说书等内容,可谓是文体兼备，其中还包括园林建筑艺术。在日常生活方面，包括各种各样精致的美味佳肴、华丽的缎纱绸绫的服装以及对色彩搭配的描述，还有精美的手工刺绣，还包含中医中药、拜佛祈福、供痘诊娘娘等内容，还有中秋节登高赏月等民俗，过年时祭祖、贴桃符等年俗，还有下棋、斗草、放风筝、占花名等，可谓包罗万象。

《红楼梦》以宝黛钗爱情婚姻悲剧为线索，反映出一个封建大家族的兴衰史。作者曹雪芹是一位伟大的小说家，对他笔下的人物表达出一种深深的悲悯情怀，闪烁着人文主义的关怀，具有初步的民主思想，冲破当时的等级观念，表现出平等、博爱的思想。特别难能可贵的是在封建社会的价值体系当中，在那样一个以男权为主的社会，能够写出对于女性的赞歌，对于红楼女儿们的理解之同情，非常不容易。

故事的主人公是一位温润如玉的翩翩公子，他就是绛洞花王贾宝玉。绛珠仙子林黛玉的人物原型，很可能是作者少年时的朦胧印象，连同美好的青春岁月和繁荣的家族历史，在记忆中不断地被美化和神话。遥望记忆的远方，有许多美好。追忆似水年华，表达了对园中盛景和美好事物的深情眷恋与无比珍爱之情。

《红楼梦》描写出众多的女性形象，每一位金钗都是那么美，那么惹人爱怜。黛玉的率真和诗才，宝钗的端庄典雅，史湘云的活泼直率，平儿的善良平和，袭人的柔媚娇俏，晴雯的聪明伶俐，小红的远见卓识，凤姐的诙谐和才干，妙玉的高傲和富有，元春对家人的照顾和对亲情的渴望，迎春的懦弱性格和与世无争的生活态度，探春的管理才能与远大的理想抱负，惜春对于世间的一切充满着冷漠、处于自保和回避的状态，还有许多令人难忘的女性，她们性情不同，在各自的生活中展现着独特的魅力。

《红楼梦》在叙事上，有一种悲喜交集的特点，繁华与落寞交织，欢乐与悲伤相伴，人物性格鲜明，人物的语言特别到位，有许多生动有趣的对白。

关于《红楼梦》的写作手法方面，脂砚斋在甲戌本第一回眉批中这样说："事则实事，然亦叙得有间架、有曲折、有顺逆、有映带、有隐有见、有正有闰，以致草蛇灰线、空谷传声、一击两鸣、明修栈道、暗渡陈仓、云龙雾雨、两山对峙、烘云托月、背面傅粉、千皴万染诸奇。书中之秘法，亦不复少。"脂砚斋提到的其他艺术手法还有："伏脉千里、春秋字法、横云断岭法、云罩峰尖法、拆字法、三五聚散法、偷渡金针法、不写之写、未扬先抑法、倒卷帘"等，让读者感触最深的写作艺术手法就是草蛇灰线，伏脉千里。再有一个特点就是文本中有很多谶语，包括戏谶、诗谶等。

我们应当以理性、公正、客观的标准去评论红楼，我认为二元对立的黑白二分法是文学评论中不可取的。说一个人好，那就什么都好，完美到没有一点儿缺点。反之也一样，喜爱某个红楼人物，即使这个人物有缺点也要尽力为他掩饰。如果不喜欢某个人物的时候，即使有优点也视而不见。当发现文本和自己的看法不一致的时候，就用反语来解释。顺我者，文本原意；逆我者，文本反语。这些特别极端的做法都是不可取的。细读红楼，尊重文本最重要。当然，我们也要防止另外一种极端，那就是没有是非观念。毫无原则地谅解，毫无底线地妥协，这同样是不可取的，这就需要我们以理性的态度去看待红楼人物。还有一条我认为也很重要，在评论红楼的时候，首先要还原到当时那个社会背景当中，以他们那个时代的标准去思考问题，而不是以现代人的标准去衡量，更不能要求那时的人超越时代。如何阅读和评论红楼，存在古今价值观不同的问题，还有读者对于传统文化了解的程度问题。

人们对《红楼梦》中的人物评点不甚相同，这样也很有趣，反而还能开阔我们的视野，思维也不会那么固化，听一听不同的见解也很好。在评论红楼的过程中，也让我们知道了人们的思维是多么的不同，晴袭钗黛各有支持者，各自有理，才是社会的本来状态。社会就是五彩缤纷的，各种各样性格的人都有才更加丰富多彩,花团锦簇。我们在欣赏文学作品的时候,每个人都能找到自己喜欢的人物,如果全都是一种类型,那会是多么的单调。

《雨薇的书香红楼》是以脂评本中的庚辰本前八十回为文本依据的,涉及的脂砚斋批语是从各版本中精选出来的。经典红楼,历久弥新,就让我们一起开始红楼探索之旅。

目 录

第一篇　如花美眷　似水流年 ·· 1

绛洞花王贾宝玉 ·· 3
寒梅傲雪独馨香 ·· 7
带刺的红玫瑰 ·· 13
从黛玉葬花说起 ·· 17
任是无情也动人 ·· 20
英姿豪爽史湘云 ·· 24
柔媚娇俏花袭人 ·· 27
机智善良俏平儿 ·· 30
钗荆裙布邢岫烟 ·· 35

你若盛开　清风自来…………………………………………… 39

蔷薇花下的女孩………………………………………………… 43

聪明伶俐俏晴雯………………………………………………… 47

金星玻璃美芳官………………………………………………… 53

你的善良需带些锋芒…………………………………………… 57

不听菱歌听佛经………………………………………………… 61

荷花仙子呆香菱………………………………………………… 65

镜花水月薛宝琴………………………………………………… 68

第二篇　百味人生　不一样的路……………………………71

贾母的慈爱情怀和生活情趣…………………………………… 73

管家之母赖嬷嬷………………………………………………… 77

刘姥姥进荣国府………………………………………………… 80

强势女人辣凤姐………………………………………………… 85

竹篱茅舍自甘心………………………………………………… 91

有这样一位姨娘………………………………………………… 95

尤二姐的美丽与哀愁…………………………………………… 99

烈性女子尤三姐………………………………………………… 103

大胆泼辣勇司棋………………………………………………… 107

优越感爆棚的秋纹……………………………………………… 110

开到荼蘼花事了………………………………………………… 112

那些一闪而过的女孩…………………………………………… 115

第三篇　《红楼梦》中的那些事……………………………119

潇湘妃子与芙蓉花……………………………………………… 121

袭人更是一个刚强的女子	126
既然袭人没有告密，为什么总是被冤枉	130
玫瑰露与茯苓霜事件	135
周瑞家的送宫花	139
这一年的端午节	143
滴翠亭宝钗扑蝶遇小红	148
花袭人与李嬷嬷	151

第四篇　说不尽的《红楼梦》 157

百花争艳在红楼	159
《红楼梦》十大唯美情景	163
《红楼梦》中的美味佳肴	169
《红楼梦》中的那些梦	174
《红楼梦》中的出家人	178
《红楼梦》中的媒人	183
《红楼梦》里精彩的片断	188
从《红楼梦》谈教育理念	192
贾雨村的风雨人生	196
分析贾府衰败的原因	201

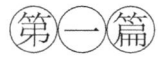

如花美眷 似水流年

绛洞花王贾宝玉

寒梅傲雪独馨香

带刺的红玫瑰

从黛玉葬花说起

任是无情也动人

英姿豪爽史湘云

柔媚娇俏花袭人

机智善良俏平儿

钗荆裙布邢岫烟

你若盛开 清风自来

蔷薇花下的女孩

聪明伶俐俏晴雯

金星玻璃美芳官

你的善良需带些锋芒

不听菱歌听佛经

荷花仙子呆香菱

镜花水月薛宝琴

第一篇

城市天气、降水规律

绛洞花王贾宝玉

故事的主人公是一位温润如玉的翩翩公子，他就是绛洞花王贾宝玉。宝玉有少女崇拜情结，希望这些如花朵一样的女孩子永远守护在他的身边，这是宝玉最理想的生活方式。他怜香惜玉，很疼爱这些女孩子。愿意为她们做小伏低，为她们充役，为她们操心，甚至还为她们制作化妆品。当然，并不是所有的女孩子都能够得到如此青睐，那么，哪些人能够得到宝玉的关心和爱护呢？首先要年轻，更为重要的是漂亮，至于性格好不好倒在其次。

怡红公子好似护花使者，珍惜所见到的美丽可爱的女子，他深爱林妹妹，敬重宝姐姐，对于身边的女孩子，也是关怀备至，给晴雯请医抓药，给麝月梳头，宝玉和袭人之间的温柔缠绵自不必说，就是怡红院之外的女子，宝玉也常常为她们操心。替卍儿担忧，为藕官开脱，为尤三姐遮挡，为邢岫烟流泪，为香菱讨妒方，为平儿洗手帕，哄玉钏亲尝莲叶羹，为可卿的不幸而吐血，为龄官的难过而难过，为彩云的错误而担责，对府外的未曾谋面的傅秋芳也十分的遥思诚敬，甚至还担心画卷上的美人寂寞，也曾以目相送小村庄里会纺线的二丫头，留恋那样的闲花野景，也曾为刘姥姥随口编的故事里的女孩茗玉叹惜，这样的例子真是数不胜数。

宝玉有自己的理念，他想："原来天生人为万物之灵，凡山川日月之精秀，只钟于女儿，须眉男子不过是些渣滓浊沫而已。"他认为："女儿是水作的骨肉，男人是泥作的骨肉。我见了女儿，我便清爽；见了男人，便觉浊臭逼人。"而贾宝玉的重像甄宝玉，也有同样的理念，甄宝玉常对小厮们说："这女儿两个字，极尊贵，极清净的，比那阿弥陀佛，元始天尊的这两个宝号还更尊荣无比的呢！"在当时的等级社会背景下，男尊女卑的思想影响着人们的思维，两个宝玉能够做到如此尊重女性，思想境界已经很超前了。

宝玉和黛玉之间的感情是前世与今生的情缘，宝玉在仙界时名神瑛侍者，在灵河岸上三生石畔，有绛珠仙草一株，神瑛侍者"日以甘露灌溉，这绛珠草便得久延岁月。后来既受天地精华，复得雨露滋养，遂得脱却草胎木质，得换人形，仅修成个女体"。由此可见，宝玉的前世就有慈悲之心，怜爱仙草，不忍小草枯萎，施之以甘露，引来还泪的情缘。当神瑛侍者下凡来到了人间，生在了温柔富贵乡，花柳繁华地，成为万千宠爱在一身的怡红公子，他善良的心性仍然没有丝毫改变。

宝玉和袭人之间的云雨之情，主要是说明宝玉发育很正常，他整天生活在女孩群里，周围都是美女，却不是那等皮肤淫滥之辈，即有条件淫滥而不为，是宝玉的可贵之处。就比如宝钗，家里很有钱，完全可以过奢华的生活，而宝钗却崇尚简单质朴低调的生活方式，同样很值得赞美。

宝玉有着博大的慈悲为怀的心，就爱情而言，宝玉和黛玉之间的感情既有一见钟情的特点，又有长期在一起生活而产生的日久生情，感情相对比较牢固。对于从小就生活在一起的袭人，更有一种天然的温柔的依恋之情。但就对美好事物的怜惜赏爱之情而言，宝玉的情则是指向所有少女的，对于大自然中的花鸟鱼草也都有一种情。从傅秋芳家的两个婆子之间的对话当中，就反映出宝玉的情操。只听她们边走边说道："我前一回来，听见他家里许多人抱怨，千真万真的有些呆气。大雨淋的水鸡似的，他反告诉别人：'下雨了，快避雨去吧。'你说可笑不可笑？时常没人在跟前，就自哭自笑的；看见燕子，就和燕子说话；河里看见了鱼，就和鱼说话；见了星星月亮，不是长吁短叹，就是咕咕哝哝的。"宝玉对于美的事物有着深深的怜惜之情，认为凡天地万物皆有灵性。宝玉在园中散步，"只见柳垂金线，桃吐丹霞，山石之后，一株大杏树，花已全落，叶稠阴翠，上面已结了豆子大小的许多小杏。"宝玉想道："竟把杏花辜负了！不觉倒'绿叶成荫子满枝'了！"宝玉爱这些杏花，可惜错过了赏花的好时节，正在感叹辜负了好时光，忽有一只雀儿飞来，落于枝上乱啼。宝玉心里想，是不是这只雀儿在杏花开时曾经来过，今见无花只有叶，是否也是在伤感悲叹呢？但不知明年杏花再开之时，这只雀儿还记得这里吗？会不会飞来与杏花相会呢？这些动人的篇章是我最爱读的，每每读到这样的情节，都会觉得心有同感，仿佛身临其境一般。

宝玉不仅仅是尊重和疼惜所遇到的女孩子，对于从乡下来到贾府的刘姥姥，也同样有着悲天悯人的情怀，妙玉嫌弃刘姥姥用过的茶杯，不让往屋里收，还说幸而不是自己用过的茶杯，不然宁可砸了也不能送人。宝玉向妙玉要来了那昂贵的茶杯，送给了贫困的老人家，让她以后度日所用，贵族公子宝玉的心地是很善良的。

宝玉虽然讨厌那些爱闹事的婆子，可是，当婆子犯了错要被惩罚之际，还是心软了下来。只见春燕妈泪流满面地央告众人，请求不要把她赶走，宝玉见如此可怜，只得留下，吩咐她以后不可再闹事了。那婆子走来一一地谢过了下去。宝玉又吩咐春燕娘俩去给莺儿说上几句好话，不可得罪了亲戚。这娘俩走在路上，春燕笑道："宝玉常说，将来这屋里的人，无论家里外头的，一应我们这些人，他都要回太太全放出去，与本人父母自便呢。你只说这一件可好不好？"春燕妈听了这些话，喜得直念佛。宝玉真心疼惜这些女孩子，要给她们完全的自由的生活。

宝玉的善良，还表现在对于陷害自己的小人也能做到宽容，贾环与哥哥相比，真是相形见绌，他们之间的对比，是从贾政的眼中看到的，贾政"见宝玉站在跟前，神彩飘逸，秀色夺人，看看贾环，人物委琐，举止荒疏"。

贾环不仅人物猥琐，还被他母亲赵姨娘教导得歪心邪念，对宝玉总是心存嫉妒之心，常常想要陷害哥哥，虽不敢明言，却每每暗中算计。有一天，终于抓到了一个机会，黑心的贾环故意将蜡灯推倒，用滚油烫他，宝玉的脸被烫伤了，众人都慌得了不得，急忙替宝玉敷药，又担心倘若贾母知道了这件事又该如何应答，宝玉一边忍着痛一边说，若问起来，就说是自己不小心烫的。他自己都伤成了那样，还替别人顶缸呢。然而，坏人并不会因此而住手，你若是善良得没有底线，他就会坏到肆无忌惮。后来，赵姨娘联合马道婆施展妖术害凤姐和宝玉的性命，幸好有一僧一道前来搭救，使凤姐和宝玉转危为安。贾环也时刻寻找机会下手，在宝玉挨打事件当中起到了点火的作用。贾环趁贾政怒火中烧之际，夸大其词告黑状，害得宝玉遭到贾政的毒打。事后，宝玉的小厮茗烟告诉了袭人，袭人又告诉了宝玉。可是，宝玉并没有对贾环有什么打击报复的行为。若是薛蟠遇到这事，早就暴跳如雷，气得大骂起来了，然后，再找他算账去，岂肯轻易放过。

绛洞花王贾宝玉，就是这样一个有着慈悲之心的公子，所以，大家都那么喜欢他，他不仅是贾母的掌上明珠，也是许多青春少女又恋又爱的翩翩美少年。

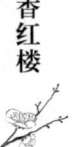

寒梅傲雪独馨香

妙玉是十二金钗中唯一不是贾家亲人的金钗，出场次数不多，戏份很少，却能排名第六，那么，是什么原因入选了金陵十二钗？妙玉与宝玉究竟是什么样的情感？妙玉的结局又是如何呢？

优雅的隐士生活

栊翠庵是为了皇妃省亲礼佛而建立，王夫人考虑到官宦人家的小姐，自然比别人娇贵些，因此，便命人下帖子将妙玉请来，有了贾府的荫庇，妙玉的生活自然过得十分舒适。晨钟暮鼓、香雾缭绕。既有上层社会的物质享受，又有名流隐士的飘逸和潇洒。在物质生活优越的基础上，又追求精神境界的超脱。

妙玉是贾府中的白富美，拥有故宫博物院级的珍品，珍贵的茶具就连贾家也不曾拥有。那么，她来自哪里？为什么这么年轻却又这么富有？原来妙玉是苏州人氏，也是富贵人家的小姐，只因自小体弱多病，买了许多替身都不管用，到底亲自入了空门才好了。她的父母早逝，幸亏有师傅疼爱，视为爱徒，跟着师傅来到京城，辗转又来到了贾府。她的财产来自富有的家庭，也许还有师傅的遗产。

贾府的高墙与外界是一层隔离，大观园是荣国府内的一个世外桃源，而大观园中的栊翠庵又是一方清净的天地。妙玉的代表花就是她院子里的红梅花，原文是这样描述琉璃世界白雪红梅的：宝玉"走至山坡之下，顺着山脚刚转过去，已闻得一股寒香拂鼻。回头一看，却是妙玉那边栊翠庵中有十数株红梅，如胭脂一般映着雪色，分外显得精神，好不有趣！"雪中绽放的红梅是妙玉的精神象征，通过宝玉的视角带领读者初识那份冬天的美丽。

宝玉与众姐妹在芦雪庵联诗落了第，李纨想出了一个又雅又有趣的好主意，罚宝玉去折红梅，湘云倒了一杯热酒让宝玉喝，笑道："你吃了我们这酒，要取不来，加倍罚你。"不过，黛玉的自信有些令人吃惊，竟然阻拦旁人跟随宝玉一起去，她说："不必，有了人反不得了。"文中并没有详细说明宝玉是如何取来红梅的细节，只见宝玉笑欣欣地擎了一枝红梅回来了，说道："你们如今赏吧，也不知费了我多少精神呢。"大家欣赏着红梅，宝玉在众人的催促之下，也急忙作诗一首，题目是《访妙玉乞红梅》，诗道："酒未开樽句未裁，寻春问腊到蓬莱。不求大士瓶中露，为乞嫦娥槛外梅。入世冷挑红雪去，离尘香割紫云来。槎枒谁惜诗肩瘦，衣上犹沾佛院苔。"雪中的栊翠庵，仿佛蓬莱仙境一般，妙玉就像那月中的嫦娥一样飘飘欲仙，朵朵寒梅迎着漫天飞舞的雪花开放着，一位翩翩美少年冒雪而来，一向冷傲孤僻的妙玉不再冷漠，在疏影横斜，暗香浮动的红梅之间，与宝玉侃侃而谈，但不知他们谈些什么，可以知道妙玉很是高兴，因为，宝玉第二次又去弄梅花时，妙玉竟然给了姑娘们每人一枝，真是意料之外，大不同于平常的自己。

妙玉的情愫

妙玉充满着出世与入世的矛盾，身在佛门，心念红尘，虽带发修行，却六根未净。其中的原因，也许是因为她的出家，并不是看破红尘式的遁入空门，而是出于不得已，被迫出家。在她的心里，是把自己当成闺阁中的女孩。

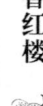

在怡红院的姑娘给宝玉过生日的时候,派人送来了粉红色的笺子,称"槛外人妙玉恭肃遥叩芳辰"。她虽然没有亲自前来参加热闹的生日宴,然而,高高的院墙,挡不住青春美少女对生活的热情。她遥遥在望,向宝玉传递了关切之情。

妙玉与宝玉的关系有些暧昧,是介于友情和爱情之间的一种情感,高于一般的友情,又低于真正的爱情,分别表现为绿玉斗品茶、雪中红梅花、送生日贺卡。特别是绿玉斗品茶,不论是当时的社会还是现代社会,除非俩人的关系亲近,否则,一个女子不会随意将自己日常使用的茶杯给一个男子使用。然而,来自宗教和礼教的双重束缚,使这种情缘很难有所发展,尽管这位冷美人对宝玉心中牵挂,却只能限制在相知相惜的范围之内。

栊翠庵茶品梅花雪

栊翠庵茶品梅花雪,是妙玉第一次真正出场,表现了妙玉的高傲、洁癖和分别心。

贾母带领众人到大观园游玩,来到了栊翠庵,宝玉留心看妙玉如何行事,只见妙玉忙笑着往里让,又忙去烹了茶来,她亲自捧了一个海棠花式的小茶盘,里面放一个成窑五彩小盖钟,捧与贾母。贾母只吃了半盏,便递给了刘姥姥,刘姥姥不懂品茶,一口喝尽,说茶太淡了,再熬浓些就好了,引得众人都笑了。妙玉献了茶。便将贾母等一行人晾到一边,把黛玉和宝钗的衣襟一拉,去耳房喝梯己茶去了。

妙玉最大的特点是心性高傲,万人不入她的眼,就连孤高自许,目无下尘的黛玉,到了妙玉这里,因为尝不出来泡茶的水是梅花上的雪水,而遭到嘲讽。妙玉冷笑着说:"你这么个人,竟是大俗人,连水也尝不出来。"虽然她口齿伶俐,话带机锋,这三个人却都没有生气,宝玉更是自称俗人,敏感多疑的黛玉不但不恼,还体谅她性格孤僻,知道这里不好多坐,就约着宝钗一同出来了。

栊翠庵品茶就是出家人妙玉修行不够的具体表现。人分三六九等，茶杯分三六九等，喝茶用的水也分等级。给众人用的是雨水，而给宝、黛、钗三人用的水却是珍藏了多年的梅花上的雪水，还说旧年蠲的雨水如何吃得。洁癖也分等级，给宝玉喝茶的时候，仍将前番自己日常吃茶的绿玉斗斟与宝玉，黛玉和宝钗坐在妙玉的蒲团和榻之上。而对待刘姥姥喝过的茶杯是什么样的态度呢？妙玉见道婆收了上面的茶盏来，忙命："将那成窑的茶杯别收了，搁在外头去吧。"宝玉会意，知道这是因为刘姥姥吃了，她嫌脏不要了。可能，妙玉看到刘姥姥用茶杯时，就已经很不高兴了，要知道这可不是普通的茶杯，成窑杯是非常昂贵的杯子，之所以当时没有表示出不满的情绪，是因为刘姥姥是贾母带来的客人，即使心里不满，面上也不好带出来，弄不好还会被贾母批评。宝玉同情刘姥姥贫苦，对妙玉说，白扔了可惜，不如给那贫婆子吧，妙玉表示同意，可是她又说道："这也罢了。幸而杯子是我没吃过的，若是我吃过的，我就砸碎了也不能给她。"

有人说，妙玉就是洁癖，如果单用洁癖来解释，也很说不通。既然是洁癖，那贾母带来的那些人，用过的一色官窑脱胎填白盖碗，这些茶杯怎么不砸了去？宝、钗、黛用的点犀䀉等珍奇古玩怎么不砸了？把自己家常用的茶杯给宝玉用，怎么不洁癖了？从妙玉对待刘姥姥用过的茶杯的态度来看，其实就是一种歧视。究其原因，也并不是单纯地嫌刘姥姥家贫且老，也许是精神境界不在同一个层面，品味差异过大，气味不相投等原因。可是，妙玉是出家人，更应慈悲为怀，众生平等，不要有分别心才对，这正是佛家弟子应该修行的部分。

具有讽刺意味的是，轻视刘姥姥的黛玉和妙玉两个，恰恰同时都是寄居在别人家的，生活全靠贾府供给，寄人篱下。倒是这家里的最尊贵的贾母、王夫人、凤姐等，并没有瞧不起刘姥姥，让这位乡下来的穷苦人，没吃过的吃过了，没见过的见过了，不仅开了眼界，还得到了丰厚的礼物，平儿、袭人等也给了她许多生活所需的物品，这种对比真是意味深长啊。而刘姥姥知

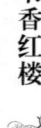

恩图报，后来在贾家败落了之后，救出了巧姐。

当然，宝玉并没有因为妙玉不具有世法平等的思想，就对妙玉不尊敬，相反，宝玉怜香惜玉，理解之同情，体贴入微，建议让小厮们到河里挑水洗地，这正迎合了妙玉的心意，她虽然很高兴，却也只允许把水放在山门之外墙根下，不让进门来，不得不说，她的这种洁癖真是有些过分了。

妙玉的芳情雅趣与温情

其实，妙玉并不是嫌贫爱富之人，也有温暖善良与柔情的一面，她与邢岫烟的贫贱之交，就是很好的例证。想不到，那么清高孤傲的妙玉，却与岫烟很是投缘，她们过去曾经是一墙之隔的邻居，妙玉怜惜邢岫烟，不嫌她家贫寒素，教她读书识字，对岫烟来说有半师之份。后来，她们又重逢在荣国府，同住在大观园里，妙玉怀旧念旧，待她更胜当日，这样的友情很难得，这是温暖而又动人的情节。

宝玉第二次踏雪寻梅，妙玉赠给大家每人一枝红梅花，尽管宝玉的个人因素占有主要原因，可也说明，她愿意将自己珍爱的红梅花分享与他人，无论如何，这也是美好的一面。还有就是中秋夜与湘黛联诗，妙玉走出来阻止她们，并意欲翻转悲凉的意境。在续诗中说道："钟鸣栊翠寺，鸡唱稻香村。……芳情只自遣，雅趣向谁言。"这些都表明，妙玉冰冷的外表下也有着些许温暖的情怀。有些人对于惜春出家，感觉可惜可怜，千金小姐出家多么遗憾。妙玉出家同样令人感到可惜，青春美少女，红楼诗仙，多希望她有个美好的结局。

读者对于妙玉的评价也是很不同的。爱她的人，赞她高洁，气质美如兰，才华馥比仙。妙玉茶艺精湛，讲究生活品位，无论是赋诗、品茶、听琴，还是养花种树，在红楼众金钗当中都是出类拔萃的。当然，也有些人对她不以为然，比如清代的评点家王希廉，在品茶一节的评语中这样说："妙玉向宝玉说，'你独来我不肯给你吃，'是假撇清语，转觉欲盖弥彰。"直言其心理状态，并且洞察秋毫。读者一眼就看出了这是掩耳盗铃，其实，真正与妙玉茶品梅花雪的是宝玉。荣宁两府的人,对妙玉的评价也很不一样。贾母见她这里花木繁盛,称赞修整打理得比别处的更好。湘云赞她是诗仙,黛玉谦虚地说道:"可见我们天天是舍近求远,现有这样诗人在此,却天天去纸上谈兵。"宝玉很看重妙玉对自己的欣赏,感念她认自己是些微有知识的人,有一种被世外高人欣赏的喜悦。妙玉交友很是挑剔,然而,太高人欲妒,过洁世同嫌。有些人对于她这种性格颇有微词,李纨就明确地说道:"我才看见栊翠庵的红梅有趣,我要折一枝来插瓶。可厌妙玉为人,我不理她。"也不知为什么李纨这样不喜欢妙玉?李纨虽然没有出家,可她清心寡欲,默默地遵守着社会的礼教规则,而妙玉则是率性而为,恣意潇洒。也许是性格色彩不同的原因,也许是看不惯妙玉那种傲慢。

　　那么,妙玉的结局是什么样的呢?妙玉在十二金钗正册中排名第六,关于众金钗的排名,历来有多种说法,我觉得,还是比较认可这样一种说法。以她们在宝玉心目中位置的重要性来排次序。而且,我总是觉得妙玉后来的戏份会很多,遗憾的是续书中并没有表现出来。妙玉这位心高气傲的金钗,一旦失去贾府的保护,也不知将面临怎样的遭遇,又该如何去应对红尘中的情缘和劫难,红楼梦曲《世难容》道:"气质美如兰,才华馥比仙。天生成孤僻人皆罕。你道是、啖肉食腥膻,视绮罗俗厌。却不知太高人愈妒,过洁世同嫌。可叹这,青灯古殿人将老,辜负了,红粉朱楼春色阑。到头来,依旧是风尘肮脏违心愿。好一似,无瑕白玉遭泥陷,又何须,王孙公子叹无缘。"根据这支歌曲中的意思,可能妙玉后来流落他乡,脂砚斋在靖藏本的批语中说:"瓜州渡口,红颜固不能不屈从枯骨,各示劝惩,岂不哀哉。"有人据此推测她可能在荣府败落之后,流落到瓜州,被迫进了青楼,后来,又被一位有权势的老头买去作妾。人尚且不知流落谁家,她的巨额财产就更去向不明了,这正如妙玉的判词所云:"欲洁何曾洁,云空未必空;可怜金玉质,终陷淖泥中。"这样一位清洁高雅的红楼女子的命运悲剧,多么令人伤悲感慨。

第一篇 如花美眷 似水流年

带刺的红玫瑰

探春,在《红楼梦》众多女性形象当中是光彩照人的,才自精明志自高,是一位集勇敢和才智、品德和美貌于一身的金钗。给人留下深刻印象的一个是理家管事,体现出不徇私情、秉公治家的特点;另一个就是在抄检大观园时,怒打邢夫人的狗腿子王善保家的,并且还发表了一番激烈的言论,令人敬佩。

在大观园里,探春居住在秋爽斋,她的最大爱好是书法,偌大的案几上摆放着各种名人法帖,笔筒内的笔如树林一般,由此可见,这个房间的女主人常常在练习书法。她的生日三月初三,是天下第一行书《兰亭序》的创作纪念日。而她的丫环的名字也和书法有关,名为侍书。探春的容貌是削肩细腰,长挑身材,鸭蛋脸面,俊眼修眉,顾盼神飞,文采精华,见之忘俗。

探春情趣高雅,创建了海棠诗社。宝玉平时只在园中闲逛,真把光阴虚度,岁月空添。这一天,正当百无聊赖之时,忽然收到了探春派人送来的请束,其中有一段更是文采飞扬:"风庭月榭,惜未集诗人,帘杏溪桃,或可醉飞吟盏。孰谓莲社之雄才,独许须眉,直以东山之雅会,让余脂粉。若蒙棹雪而来,娣则扫花以待。"探春的倡议得到了大家的积极响应,顿时鼓舞起来,以海棠花为题作诗,各抒情怀。若论诗才,探春当排在黛玉、宝钗、湘云之后，应属于第四位，可是这个邀请书，却十分令人喜爱，令人神往，若是接到这样的花笺，都会兴趣盎然地前来参加活动。湘云当时不在贾府，听说成立了诗社，也急忙赶来加入，这才引出了后文中的螃蟹宴和菊花诗的热闹场面。探春让宝玉从外面买回来的工艺品，也反映出她的审美观："柳枝儿编的小篮子，整竹子根抠的香盒儿，胶泥垛的风炉儿"，特地要挑选一些朴而不俗，直而不拙的，这些新鲜有趣的玩意儿，真让人喜欢。

　　在荣国府敢说贾母做事不对，而贾母又能当场就承认错误的，恐怕只有极少数的几个人。在鸳鸯抗婚的事件当中，贾赦想要强娶鸳鸯，鸳鸯迫不得已向贾母哭诉，表达了誓死不从的决心。贾母被贾赦的无耻行为气得大怒，连带着就斥责起众人来了，甚至迁怒于在场的王夫人，正当大家都不好辩解之时，探春走出来说道："这事与太太什么相干？老太太想一想，也有大伯子要收屋里的人，小婶子如何知道？"贾母一听，醒悟过来，知道错怪了王夫人，立刻就让宝玉代为道歉，探春敢于反驳贾母的话，很有勇气。

　　探春自尊心很强，不容别人侵犯。在抄检大观园时，探春只许翻检她的东西，却决不允许查抄下属的物品。她悲愤地说道："咱们也渐渐的来了，可知这样大族人家，若从外头杀来，一时是杀不死的，这是古人曾说的'百足之虫，死而不僵'，必须先从家里自杀自灭起来，才能一败涂地！"探春怒打了敢于前来冒犯的王善保家的一记响亮的耳光，维护了自己的尊严。她正气凛然的言辞，表达了对抄检这一愚蠢行为的强烈不满，使那些人非但无法查抄，还落了个没趣。

　　探春理家，也是很经典的故事情节，因为凤姐病倒了，王夫人就把理家的重担交给了李纨、宝钗、探春三人。起初，那些个管家娘子们都开始松懈起来了，几件事过手，感觉探春精细处不让凤姐。然而，考验探春的一件事出来了，并且关系到生母赵姨娘，吴新登家的不怀好意地前来请示，众人也都在旁观望，若不公正妥当，便欲讥讽取笑。探春坚持原则，驳回了李纨提出的给40两赏银的建议，按照贾府的惯例给了赵姨娘20两银子，从而引发了与母亲之间激烈的矛盾冲突。赵姨娘愚昧拙劣，有些倒三不着两，每隔一段时间，必寻出些事来，为难探春，几次寒心，怎不叫探春生气呢？

应该如何评论这件事情呢？法理与人情，究竟哪个更为重要？我认为辱亲女愚妾争闲气，正体现出赵姨娘愚昧贪婪，无理取闹，跑来侮辱作践探春，而探春秉公办理，不徇私情，何错之有？大公无私的品格理应得到赞美。有一些人认为，赵姨娘毕竟是探春的亲母，没必要这么铁面无私。的确，在这样一个人情社会的环境当中，很难完全做到不考虑人情和脸面的问题。

那么，探春的等级观念强正确吗？其实，这是生存的需要，也是一种自我保护的手段。对比迎春的遭遇，奶娘都敢于偷拿她的累金凤去吃酒赌钱，丫环司棋更是目无章法，为所欲为，探春的做法很好地保护了自己，很有必要。又因为探春是庶出，总想摆脱掉先天的不足，因而表现出过分的自尊，在这一份自尊里也包含着自卑的成分。探春一口一个姨娘，只认嫡母，不认生母，和她划清了界限，虽然这样的做法符合当时的礼教制度，却也使探春这一人物形象显得很无情。

同样都有管理的才干，并且做事的风格都是雷厉风行，探春和凤姐有什么不同之处呢？首先是公与私的分别，凤姐假公济私，干了许多权钱交易的事情。探春不存私心，心底无私天地宽。然而，最主要的区别是凤姐维护现状，探春勇于进取。凤姐协理宁国府，制定了严格的纪律，违反者从重惩罚，维持的是现有的秩序。而探春开源节流，高瞻远瞩，为家族的未来着想，进行了一系列的改革和创新。凤姐独断专行，心狠手辣，光有威严，使人惧怕的是她手中的权力。探春善于协商，博采众长，发挥团队合作的优势。倾听宝钗的建议，在大观园实行承包责任制，使园中的竹子、稻子、香草、池塘、花柳等，都落实到专人管理，不仅使承包者获益，也兼顾了其他的相关人员，使她们也有所进益，因而获得了众人的拥护、敬佩，甚至喜爱。探春和宝钗等三人，提出了改革的策略，做出了许多兴利除弊的善政，这些有力的措施，为这个大家族节约了可观的开支。紧接着，探春又裁掉了那些重重叠叠的开支，停止发放宝玉、贾环、贾兰名下的那些不必要的费用，并且及时发现漏洞，裁掉了买脂粉的费用，及时停止这一项的重复和浪费，这些都节省了不少资金。因此，脂砚斋在戚续本回前总评中说道："探春看得透，拿得定，说得出，办得来，是有才干者，故赠以'敏'字。"而这一切都是以文化知识为基础的，正如宝钗在与探春讨论理家策略时所说："学问中便是正事。此刻于小事上用学问一提，那小事越发作高一层了。不拿学问提着，便都流入市俗了。"就连凤姐也这样说："她虽是姑娘家，心里却事事明白，不过是言语谨慎。她又比我知书识字，更厉害一层了。"

探春的结局是远嫁成为王妃，这真是"才自精明志自高，生于末世运偏消。清明涕送江边望，千里东风一梦遥。"在那个时代，由于交通和通信的不发达，如果路途遥远，就难以与亲人相见，因此，远嫁也是一种悲剧，但相比贾府中的女孩子，这其实也是一种幸运。在第二十二回探春作谜语时，谜底是风筝，对此，脂砚斋在庚辰本的夹批中说道："此探春远适之谶也。使此人不远去，将来事败，诸子孙不致流散也，悲哉伤哉！"这里可以看出探春是能够力挽狂澜之人。

自尊自爱自强的探春，具有女政治家的风度，有理想、有抱负、有胸襟。这样一朵又红又香的玫瑰花，在自己当家做主时，势必会有一番新的作为。

从黛玉葬花说起

黛玉刚走到沁芳桥，只见各色水禽都在池中浴水，文彩炫耀，特别好看，就站住欣赏了一会儿。黛玉心中惦记着宝玉，来到了怡红院敲门，谁知晴雯和碧痕正拌嘴，没好气，迁怒于人，晴雯抱怨宝钗来做客，又向着院门外说道："凭你是谁，二爷吩咐的，一概不许放人进来呢！"黛玉一听，真是气得不得了，可又一想："虽说是舅母家如同自己家一样，到底是客边。如今父母双亡，无依无靠，现在他家依栖。如今认真淘气，也觉没趣。"想到这里，黛玉悲悲戚戚呜咽起来。独立墙角边花阴之下，苍苔露冷，花径风寒。她回到潇湘馆，眼里含着泪，直呆坐到半夜方睡。

第二天清晨，宝玉看见园中的凤仙、石榴等各色花落了一地，便把那花兜了起来，登山渡水，过树穿花，来到了上次和黛玉葬桃花的去处。刚要转过山坡时，忽然听到哭声，是黛玉在吟诗，字字句句，凄楚感慨，当听到"一朝春尽红颜老，花落人亡两不知"这句，宝玉不觉恸倒在山坡之上，想到将来花颜月貌的黛玉无可寻觅，再推及其他的人也无可寻觅，这大观园以及这里的花柳等物，都不知归谁所有，荣国府又不知归谁所有。想到这里，不由得更加悲伤。

《葬花吟》是从惜花惜春到惜人,是对人生的总体感叹,时光在不断地流失,青春、美貌,包括眼前的一切,都在时间中慢慢地变化。一个人的命运,或者一个家族的命运,都会受到来自外界的侵袭。从古至今,伤春悲秋是诗歌最经常表现的主题,因此,对于落花的怜惜之情,更有一种心痛的感伤。黛玉在诗中所说:"一年三百六十日,风刀霜剑严相逼"。其实,这里并不是实指黛玉的处境,因为她在贾府里的生活待遇已经相当高级了,惜春原来是跟着贾母一起住的,黛玉一来,就得到了贾母的宠爱,惜春被移出去了,另外安排住处。后来,黛玉搬进潇湘馆,有自己独立的住处,周围服侍的人有很多,生活待遇和家里的姐妹们一样。黛玉又不是豌豆公主,并不是在诉苦、在抱怨。只是把昨夜晴雯的话当成了真话,错怪了宝玉,当误会消除之后,两人就和好如初了。

黛玉为什么总是多愁善感的?首先是黛玉的身体状况不好。每到春分秋分之后,必犯嗽疾,稍微过劳了些,就比往常更重。"有时闷了,又盼个姊妹来说些闲话排遣。及至宝钗等来望候她,说不得三五句话又厌烦了。众人都体谅她病中,且素日形体娇弱,禁不得一些委屈,所以她接待不周,礼数粗忽,也都不苛责。"她身体娇弱,又常常泪水相伴,对此,紫鹃、雪雁她们早已经习惯了,见她"无事闷坐,不是愁眉,便是长叹,且好端端的不知为了什么,便常常的就自泪自干。先时还解劝,怕她思父母,想家乡,受了委屈,用话来宽慰解劝。谁知后来一年一月竟常常的如此,把这个样儿看惯了,也都不理论了。"所以,也只好由着她了。病弱的身体,使人精神内敛,容易产生抑郁的心态,想事情比较悲观,有很多的消极因素,比如黛玉天性喜散不喜聚;比如花开就要花落,还不如不开的好;有聚就有散,不如不聚的倒好。有了这样的想法,别人以为喜悦,她却以为悲伤。

再者是母爱缺失,远离故乡。黛玉从小寄养在贾府,尽管外祖母对她特别疼爱,宝玉和她也是情投意合,十分亲密,可是,黛玉仍然觉得缺乏安全感。从她羡慕宝钗有妈妈可以依靠的情形来看,她是很渴望拥有母爱的。众人再

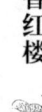

怎么对她呵护，也代替不了母亲的角色，因此，她总是感到悲伤。

还有就是经济状况不佳。黛玉这样说："我是一无所有，吃穿用度，一草一木，皆是和他们家的姑娘一样，那起小人岂有不多嫌的。"这个小女孩心思很敏感，总觉得自己不如别人，特别是和宝钗相比，同样是客居，宝钗家里的吃穿用度，都是自己支出，一概不用依靠贾府，只不过是居住在这里。从林黛玉初进贾府的情景来看，她家比不上贾府的气派。林家的财产，不知有没有给她分到一部分？如果林如海给她留下了一笔财产，以黛玉心较比干多一窍的聪明才智，不会一无所知的。跟随着黛玉一同从江南来的有一批人，不可能全都不知道，这在逻辑上也是说不通的。如果非要说这是一个谜团，一来没有文本的支持，再一个就是低估了黛玉的智商以及敏锐的观察力。所以，没有必要妄自猜测，更不可捕风捉影地冤枉贾琏贪污了这笔钱。这主要是有的人爱护林妹妹，心疼她，觉得林妹妹不应该一无所有。

黛玉与宝玉的恋爱，既有一见钟情的好感，又有从小在一起长大的相互了解，日久生情，自然而然。通过相互试探，确定对方是否也是有情有意，其间也经历了许多的波折和误解，小儿女之间的争吵在所难免，直到定情之后，黛玉才很少耍小性了，两人之间才算是保持了平静的关系。

在当时的社会环境下，自由恋爱是不被允许的，来自封建社会传统观念的制约，使黛玉常常担心，忧虑将来得不到结果。一次，黛玉偶然听到宝玉在别人面前称赞她，黛玉听了这话，不觉又喜又惊，又悲又叹。所喜者，果然是知己；所惊者，宝玉竟不避嫌疑；所叹者，既然互为知己，又何必有金玉之论；所悲者，父母早逝，无人为她主张。况且，每觉神思恍惚，病已渐成，但恐自不能久待。这一段情缘，不知将来如何？

黛玉有着忧郁的诗人气质，自尊心又很强，导致她走不出心理阴影，总是执着地关注着自己的缺失，因而愈加悲伤。

任是无情也动人

国色天香的牡丹花,雍容华贵,是花中之王。在《红楼梦》第六十三回寿怡红群芳开夜宴当中,抽花签时,宝钗抽的是牡丹花,题着"艳冠群芳"四字,下面有一句古诗:"任是无情也动人",众人都举杯齐声恭贺,赞她原本配做牡丹花。

"任是无情也动人",是对牡丹花的赞美,这句诗并不是说宝钗无情,因为在古诗文中"任是"二字,是"即使是"的意思,是让步假设复句最常见的一种用法,也就是退一步说的意思,即使是无情也那么动人,更何况有情呢,那就更加动人了,主要是在强调动人。宝钗扑蝶是小说中最美好的画面之一,表现出少女的纯真可爱,也是非常动人的情节。

其实,宝钗是最有情的,有一个这样的亲人或者朋友在身边多温暖。宝钗既有美貌又有智慧,又很理智,又会理财,最重要的是待人和气,人缘特别好,那么,就让我们来说一说宝钗的有情吧。

大观园开了海棠诗社,湘云听说之后,急得不得了,第二天,贾府派人将湘云接来了,湘云很快就补作了两首诗,众人欣赏着诗作,赞叹不已。湘云正在兴头上,笑着说道:"明日先罚我个东道,就让我先邀一社可使得?"

众人称妙。晚上,宝钗将湘云邀请到蘅芜苑住,湘云灯下计议如何设东拟题。宝钗对湘云说,以湘云那点月钱,要想体面地作东开社,根本就不够用的,为这个再回家去和婶婶要费用,又会惹得她们抱怨了,也不好意思和这里的人要费用。一席话提醒了湘云,倒踌躇起来。宝钗说如果湘云不多心的话,愿意帮助她办好这件事,宝钗的一片真心,使湘云特别感动,她心里是把宝钗当亲姐姐看待,心里的家常话烦难事,也都尽情地告诉宝姐姐。宝钗便吩咐家人去和哥哥说,去铺子里取上几坛好酒,要几篓极肥极大的螃蟹来。接着,帮着湘云拟定菊花诗的题目,第二天,又帮着湘云把螃蟹宴预备得十分妥当。宝姐姐凡事想得细致而又周到,就连贾母都夸赞宝钗。的确,宝钗是真心实意地帮助别人,她是温暖的,她是善良的。有一回湘云和袭人说话,提起了宝姐姐,湘云说道:"我天天在家里想着,这些姐姐们再没一个比宝姐姐好的。可惜我们不是一个娘养的。我但凡有这么个亲姐姐,就是没了父母,也是没妨碍的。"说着眼睛圈儿就红了,湘云是真心赞宝姐姐的。后来,她的叔叔保龄侯史鼐又迁委了外省大员,贾母因舍不得湘云,便留下她了,接到家中,原要另设一处与她住的,可是,湘云执意要与宝钗同住蘅芜苑。

宝钗对香菱的爱护,体现在带她进入大观园。宝钗知道香菱心里羡慕这园子已久,每每来一趟也是急急忙忙的,这会子薛蟠出远门做生意去了,就跟妈妈说让香菱和她作伴去,每天灯下做活,也多个人作伴。香菱如愿以偿来到了蘅芜苑居住,更让香菱高兴的是,还拜了黛玉为师,教自己作诗,这才引出了香菱学诗这一段精彩的篇章,这也是香菱最为平静而又快乐的好时光了。

宝钗对邢岫烟也是十分爱护,无私地帮助她。邢岫烟初到贾府之时,宝钗见她家业贫寒,父母偏又是酒糟透之人,对女儿并不是很在意,邢夫人也只不过是表面上敷衍,并不真心疼爱,迎春更是指望不上之人,因此,岫烟的生活过得十分拮据。宝钗很心疼她,凡闺阁中家常一应需用之物,宝钗倒暗中每相体贴接济,也不敢让邢夫人知道,避免惹出闲话来。因薛姨妈看见邢岫烟生得端雅稳重，说与了薛蝌，定下了这门亲事。宝钗仍然一如既往地关心照顾着岫烟，帮助她把当掉的棉衣从当铺里取回来。

宝钗对黛玉也很爱惜，在金兰契互剖金兰语这回中，两位金钗互相说出心里话。黛玉每到春分和秋分之后，必犯嗽疾，且今年比起往年更重一些，宝钗劝她请名医配药调治，黛玉说起自己虚弱的身体，情绪很是悲观，说这也不是人力可强的，还是听天由命吧。宝钗关心黛玉的身体健康，建议每天熬些冰糖燕窝粥，又养胃又滋阴补气。黛玉不愿兴师动众，以免惹得有些人嫌她太多事了，黛玉道："细细算来，我母亲去世的早，又无姊妹兄弟，我长了今年十五岁，竟没一个人像你前日的话教导我。怨不得云丫头说你好，我往日见她赞你，我还不受用，昨儿我亲自经过，才知道了。"黛玉羡慕宝钗家在这里有买卖地土，家里又仍旧有房有地，不比她自己原是无依无靠投奔来的，一无所有，吃穿用度，一草一纸，皆是和他们家的姑娘一样，那起小人岂有不多嫌的。又羡慕宝钗有妈妈哥哥可以依靠。宝钗道："你放心，我在这里一日，我与你消遣一日。你有什么委屈烦难，只管告诉我，我能解的，自然替你解一日。"又见黛玉不愿意兴师动众地去劳烦别人，就把自己家里的燕窝送些过来，宝钗像个姐姐一样地关心着黛玉，体谅她的难处。

宝玉被他的父亲毒打，伤得很重，只见宝钗手里托着一丸药走进来，向袭人说道："晚上把这药用酒研开，替他敷上，把那淤血的热毒散开，可以就好了。"宝钗又劝宝玉许多话，叫他不要总是淘气，惹得家长生气，终是要吃亏的。宝玉见宝钗这样怜惜悲感，深受感动，不觉心中大畅，将疼痛早丢在九霄云外，觉得宝钗说话行事总是那么令人敬服。

宝钗对于弱势不得志的贾环也不歧视，素习看他亦如宝玉，她哥哥从江南带回来的家乡特产，也愿意分享给他一份，不偏不倚，并不厚此薄彼，能够做到这一点，也很不容易。事情虽小，难得的是为人这样厚道，就连赵姨娘都夸赞敬服宝姑娘，话说这赵姨娘可是不轻易夸赞谁的。

贾母自见宝钗来了，喜她稳重和平，正值她才过第一个生辰，便自己出

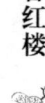

资二十两,交与凤姐去置办酒戏。贾母询问宝钗喜欢吃些什么,爱听哪些戏,宝钗十分尊重长辈,心里总是以长辈为优先考虑,并不是任性地只照顾自己的爱好,而是点些热闹戏文,多点些老人家爱吃的甜烂之食。多么懂事的小姑娘,怪不得贾母那么疼爱她。

宝钗就像牡丹花一样,得到了众人的赞美和敬佩。她像阳光一样的温暖,又似春天一样的明媚,她自己还是个花一样的小姑娘,还正是需要别人照顾的年龄,却能够体贴入微地关照身边的人,真是懂事的女孩子。在群芳百卉之中,宝钗是艳冠群芳的,是当之无愧的花王。

英姿豪爽史湘云

湘云是一位健康而又美丽的金钗，特别令人喜爱。性格特点是开朗活泼，心直口快，具有豪侠气质，喜欢大说大笑，高谈阔论，有魏晋名士之风度。还常常女扮男装，打扮得英姿飒爽，潇潇洒洒，体现出她豪迈洒脱的个性。她热爱诗词，才思敏捷，喜欢作诗填词。

史湘云出场很晚，在第二十回才正式亮相，一出场便与众不同，大说大笑。和黛玉开玩笑追逐打闹，宝玉急忙从中阻拦，宝钗也赶来打趣劝和，气氛轻松愉快，真是活泼可爱。

大观园成立了海棠诗社，这怎么能少得了湘云呢？第二天湘云就赶来了，并且还写出了吟咏海棠花的压卷之作，诗道："蘅芷阶通萝薜门，也宜墙角也宜盆。花因喜洁难寻偶，人为悲秋易断魂。"湘云又在宝钗的帮助之下，在藕香榭摆下了丰盛的螃蟹宴，请来了贾母、王夫人、凤姐等众人，人们说说笑笑，吃着螃蟹，喝着美酒，真是其乐融融。湘云忙前忙后热情地招呼着，照顾着。贾母等吃过了饭，到别处游玩去了。这里，菊花诗会开始了，那山坡下桂花开得又好，河里的水又碧清，女孩子们弄水、戏鱼、赏花，垂柳阴中看鸥鹭，好似一幅《百美图》，说不尽的赏心悦目。待选定了菊花诗的题目，大家各有诗作，或忆菊、问菊，或簪菊、画菊，眷录出来，众人各有妙句，又细评了一回，咏菊花诗首推潇湘妃子的诗为魁。

转眼又是冬季，在大雪纷飞的时候，正适合拥炉作诗，诗社在芦雪庵举办活动。李纨忙着出题限韵，宝玉和湘云要来一块鹿肉，正在那里烤鹿肉吃呢，众人看着感觉很有趣，闻着扑鼻的香气，平儿、探春、宝琴也凑过来尝一尝香香的烤肉。谁知凤姐披了斗篷也走来了，笑道："吃这样好东西，也不告诉我！"说着也凑着一处吃起来。湘云边吃边说，这回子吃了肉方爱喝酒，有了酒才有好诗。黛玉嘲笑他们，湘云回道："你知道什么！'是真名士自风流'，你们都是假清高，最可厌的。我们这会子腥膻大吃大嚼，回来却是锦心绣口。"姐妹们开着玩笑，倒也十分热闹。现在，吃烧烤已经很普遍了，可在那时候却也算得上是新鲜事了。接着，大家开始联诗，湘云是最活跃的，联句极敏捷聪慧，别人都抢不过她，愉快的笑声伴着酒香，这样的诗会真是有趣，宝玉从妙玉的栊翠庵折来了一枝雪中的红梅花，更是增添了大家的兴致。

湘云的性格很开朗，心态很阳光，用笑声驱散阴霾，其实，无论是在史府还是在贾府，湘云同样都是客居，和黛玉的情况基本相同。那么，她是不是没有什么烦恼之事呢？每一个人的生存状况都不相同，生活中遇到的烦难的事情也不尽相同，湘云只不过是不把这些放在口头心上罢了，她从小失去父母，是在叔叔家里寄养，他们家嫌费用大，针线活都是娘儿们自己动手做的，她在家里做活做到三更天，真是累得很。如果替别人做一些活儿，家里的人还不高兴。贾母喜欢湘云，常常把她接到贾府居住，这里成了她的乐园，因此，特别不愿意回到史家。有一回，史家派人来接，她眼泪汪汪的，在她家人面前不能表现出委屈。只得悄悄地和宝玉说，时常提醒着点贾母，派人来接她。直到她的叔叔出任外省大员，因贾母舍不得湘云，便留在了贾府，湘云选择和宝钗姐姐一同住。湘云有一种侠义的精神，得知邢岫烟因生活拮据，竟然把棉衣都当掉的情况后，当时就要去找迎春评理。她心地善良，平等待人。从吃螃蟹时对待下人的态度中就可以看出来。湘云和翠缕谈论阴阳，认为天地万物都有阴有阳,她说道:"天地间都赋阴阳二气所生,或正或邪,或奇或怪,千变万化,都是阴阳顺逆。"还举出了一些例子来进一步论证,这一段阴阳气论,可以看出她对世间万物的看法。

憨湘云醉眠芍药裀,是《红楼梦》当中唯美的画面。宝玉过生日,恰巧也是平儿、宝琴、岫烟的生日,这下可就热闹了,在红香圃三间小敞厅内设宴,共同庆祝生日。湘云和宝玉划起拳来,大家行酒令,满厅中红飞翠舞,玉动珠摇,真是畅快。湘云不知什么时候出去了,人们只当去去就来,一个小丫头笑嘻嘻地走来说道:"姑娘们快瞧云姑娘去,吃醉了图凉快,在山子后头一块青板石凳上睡着了。"众人去了一瞧,果然是湘云吃醉了酒,香梦沉酣。四面芍药花飞了一身,衣襟上落了许多的花瓣,扇子在地上也落花缤纷,蝴蝶围绕着芍药花和美人翩翩起舞,湘云在梦中唧唧嘟嘟还在说着酒令,"泉香而酒洌,玉盏盛来琥珀光,直饮到梅梢月上,醉扶归,却为宜会亲友"。湘云真是可爱极了,娇憨妩媚,比那画上的美人还要美,这一画面和黛玉葬花、宝钗扑蝶、宝琴立雪等经典场面,给《红楼梦》增添了魅力,使读者更加喜爱她。

柔媚娇俏花袭人

我们在欣赏文学作品的时候，各种各样性格的人都有才更加丰富多彩，才好看。每个人都能找到自己喜欢的人物。五彩缤纷，花团锦簇。如果全都是一种类型，那会是多么的单调。晴袭钗黛各有支持者，各有各的道理。也许各自有理，才是社会的本来状态。

在贾府当中，凤姐最看重的是权力，平儿看重的是平衡，李纨看重的是教子，而在袭人心中最重要的是宝玉，是她生活的全部。贾母因素喜袭人心地纯良，恪尽职任，遂与了宝玉。宝玉知她姓花，又曾见古诗中有"花气袭人知昼暖"的诗句，因此，改名为袭人。那么多年，从小到大，跟宝玉接触最多的，也最为亲密无间的就是袭人。她温柔和顺、贤惠善良、尽心尽责，对宝玉体贴入微，给人一种温暖的感觉。这暖意仿佛花香一样，使宝玉对她很依恋，宝玉心中最离不开的人就是黛玉和袭人，一个是知己，一个是宝贝，是他准备相守一生的亲人。

袭人和宝玉之间的云雨之情越礼了吗？在那个时代，妻与妾是不同的。娶妻比较正式，需父母之命，媒妁之言。而纳妾就不同了，在娶妻之前可以纳妾，袭人无法推脱宝玉，又素知贾母已将自己予了宝玉，所以，即便如此亦不为过。对于贾府的规矩，袭人绝对比读者更清楚。在文本当中描述得也十分清楚，宝袭二人的云雨情，在他们所处的环境当中是被允许的，这也是大家族的规矩，完全是正当的，说明宝玉已经步入青春期。自此宝玉视袭人更与别个不同，袭人侍宝玉更为尽职。贾琏的小厮兴儿，在和尤二姐介绍贾府人物的时候，这样说："我们家的规矩，凡爷们大了，未娶亲之先都先放两个人伏侍的。二爷原有两个，谁知她来了没半年，都寻出不是来，都打发出去了。"兴儿说的二爷指的是贾琏，"她"指的是凤姐。脂砚斋在甲戌本的批语中说道："宝玉、袭人亦大家常事耳。"其实，袭人是宝玉没有公开的准姨娘，黛玉也曾经这样说过："你说你是丫头，我只拿你当嫂子待。"虽说这是开玩笑的话，却也是真诚的。因为，当得知袭人的月钱和其他的生活待遇都提升为姨娘的标准的时候，湘云、黛玉、宝钗都来与袭人道喜。

王夫人看准了袭人是可以托付的，就把自己的宝贝儿子交给她。袭人的月钱是王夫人从自己的月钱里分出来的，并且说，以后凡是有赵姨娘周姨娘的，也有袭人的。薛姨妈道："早就该如此。模样儿自然不用说的，她的那一种行事大方，说话见人和气里头带着刚硬要强，这个实在难得。"王夫人说道："宝玉果然是有造化的，能够得她长长远远的伏侍他一辈子，也就罢了。"

当得知袭人已经内定为姨娘的消息后，宝玉喜不自禁。宝玉对她很依恋，素喜袭人柔媚娇俏，他们之间的感情是爱情加亲情。有一回，宝玉在家里看书，贾芸来了闲聊了一会儿，贾芸走后，宝玉有些犯困，袭人让他出去散一散步，宝玉拉着她的手笑道："我要去，只是舍不得你。"一句话说得袭人也笑了，这就是他们日常生活的常态。在《红楼梦》第三十四回中，宝玉在家养伤，贾母、王夫人等众人来看望宝玉，问他想吃些什么东西，宝玉笑道："也倒不想什么吃，倒是那一回做的那小荷叶儿小莲蓬儿的汤还好些。"凤姐急忙命人去做。众人又说笑了一番，方渐渐地散去。这时宝玉伸手拉着袭人笑道："你站了这半日，可乏了？"一面说，一面拉她身旁坐了。宝玉多么心疼袭人啊，贤惠的袭人有如解语花一样。宝玉外出，一回来就想到她。当听到有

雨薇的书香红楼

人说袭人在里间屋里，就去找她。宝玉笑着挨近袭人坐下，瞧她打结子，问道："这么长天，你也该歇息歇息，或和她们玩去，要不，瞧瞧林妹妹去也好。怪热的，打这个哪里使？"别的女孩子都在外面玩游戏，袭人却忙着为宝玉做扇套，宝玉也心疼袭人，天气这么热，怕她累坏了。

袭人对宝玉像大姐姐一样无微不至地关心，宝玉要去学堂上学了，袭人早早地把书笔文物包好，并嘱咐说："只是念书的时节想着书，不念的时节想着家些。别和他们一处玩闹，碰见老爷不是玩的。虽说是奋志要强，那功课宁可少些，一则贪多嚼不烂，二则身子也要保重。这就是我的意思，你可要体谅。"袭人说一句，宝玉答应一句。袭人又准备好大毛衣服，脚炉手炉等，生怕在外面跟着宝玉的那一群小厮们偷懒，他得不到很好的照顾。

贾府里人们对于袭人的评价也是很高的。大嫂子李纨在宝玉面前夸赞袭人道："这一个小爷屋里要不是袭人，你们度量到个什么田地！"宝钗在心里赞袭人，倒别看错了这个丫头，听她说话，倒有些识见，其言语志量深可敬爱。心直口快的湘云和袭人更是感情深厚，一来贾府就跑来看望袭人，湘云道："这么大热天，我来了，必定赶来先瞧瞧你。不信你问问缕儿，我在家时时刻刻哪一回不念你几声。"又给袭人送来戒指。袭人回娘家时，凤姐唯恐他人安排不周，失了体面，特地把袭人叫来，凤姐儿看袭人头上戴着几枝金钗珠钏，倒华丽。又看身上穿着桃红百花刻丝银鼠袄子，葱绿盘金彩绣绵裙，凤姐就把自己贵重的漂亮衣服赠予袭人，让她盛装回娘家。又安排周瑞家的媳妇丫头们等众人护送陪同，簇拥着袭人回娘家。日常所用的物品样样都是上好的。花袭人回娘家，体现出王夫人、凤姐、平儿对她的关照之情，对她很重视，袭人的生活可说是很幸福。

对于宝玉来说，袭人是姐姐是丫头更是恋人。宝玉对袭人是眷恋，对黛玉是爱慕。在宝玉的家庭生活蓝图里，袭人和黛玉是宝玉心中最为理想的一妻一妾，他愿意一生与她们相生相伴到天长地久。

机智善良俏平儿

平儿是王熙凤的得力助手,相当于总经理助理的角色,王熙凤位高权重而又心狠手辣,管理着荣府的大小事务,可谓是威风八面。然而,一个人的精力毕竟有限,凤姐即使是再有能力,也不可能面面俱到,若不是平儿帮助料理,如何能够做到那样周全。平儿常常起到一个平衡的作用,起到一个缓冲的作用,许多事情的处理办法,都是化干戈为玉帛。可是,作为助理,她的才干和光芒不能超过凤姐,否则会被凤姐所不容。没有才干更不行,一切要刚刚好才行。

俏平儿软语救贾琏

凤姐的女儿大姐出痘疹,请医诊脉,众人要采取隔离措施,又要供奉痘疹娘娘,贾琏只得搬出外书房斋戒。贾琏最是个淫荡之人,离开凤姐便要寻事,平时惧怕凤姐,不敢胡来,见有这个机会,就与多姑娘勾搭上了。十二天很快就过去了,贾琏也重新搬了回来,平儿在整理拿回的物品时,从枕套里抖出来一缕头发,就问贾琏这是什么?贾琏急得立刻想要抢回去,平儿不给。正在这时,凤姐回来了,命平儿开抽屉找个样子,忽又问平儿,在收拾贾琏的衣物等随身用品时，有没有发现什么可疑之处？贾琏一听这话，在凤姐后面杀鸡抹脖地使眼色儿，平儿装着没看见，回凤姐的话，说是翻寻了一遍，什么也没发现。凤姐走了，平儿拿出头发来，跟贾琏说，以后好就好，不好就抖露出这事来。贾琏一边和平儿说着话，冷不防抢了回来，又抱着平儿求欢，平儿跑出了屋外。这时，凤姐又从外面回来了，见他们一个在窗外，一个在屋里说着话，就打趣道："正是没人才好呢。"平儿道："别叫我说出好话来了。"也不理凤姐，自己先摔帘子进来，到别处去了。

这一段情景，反映出平儿处境的尴尬，平儿是凤姐的陪嫁丫头，又是贾琏的小妾，当时陪嫁过来的一共有四个丫头，全被凤姐寻出不是来，都打发出去了，为了落个贤良的名声，才把平儿留下来，叫她拴住贾琏的心。可是，凤姐超级爱吃醋，贾琏一二年也沾不到平儿，气得直骂凤姐："等我性子上来，把这醋罐打个稀烂，她才认得我呢！"其实，平儿几乎只是名分上的小妾，因为她对凤姐很忠诚，这才容下来了，她机智地周旋在贾琏和凤姐的中间。

喜出望外平儿理妆

凤姐的生日到了，贾母因体谅她一年到头料理主持工作很辛苦，动员大家特地为她攒金庆寿，又有戏又有酒席，又有说书又有耍百戏，十分热闹。谁知乐极生悲，凤姐吃醉了酒，想要回家去歇会，平儿扶着凤姐回到家里，正撞见贾琏和鲍二家的偷情，还骂凤姐赞平儿，凤姐借酒撒泼，打了平儿几下，一场混战开始了。李纨把平儿拉入大观园去了，平儿委屈得直哭，宝钗劝解着。宝玉又把平儿让到怡红院中，袭人帮她换衣洗脸，宝玉拿出精美的化妆品，拈了一根玉簪花棒递给了平儿，这是用紫茉莉花种研制而成的，平儿一用，觉得轻白红香，四样俱美。又见一个小小的白玉盒子，也是精心制作的上好的胭脂。宝玉告诉她如何使用，平儿依言妆饰，果见鲜艳异常，且又甜香满颊。宝玉又将一枝花剪下，给平儿簪在鬓上。李纨又令人来请，平儿去了李纨的稻香村休息。宝玉真是又喜又叹，喜的是终于有机会照顾平儿，竟得在平儿前稍尽片心，心里觉得畅快。转念又不禁为平儿悲叹起来："忽又思及贾琏惟知以淫乐悦己，并不知作养脂粉。又思平儿并无父母兄弟姊妹，独自一人，供应贾琏夫妇二人。贾琏之俗，凤姐之威，她竟能周全妥贴，今儿还遭涂毒，想来此人薄命，比黛玉犹甚。想到此间，便又伤感起来，不觉洒然泪下。"又看见平儿的手帕子丢在这里，忙洗好了晾上。

平儿是个极聪明极清俊的女孩儿，众人也都疼爱她，第二天，贾母命凤姐儿和贾琏两个安慰平儿，他两个给平儿赔礼道歉了。这才一起回了家。大嫂子李纨和众人来了，李纨替她打抱不平，骂凤姐那黄汤难道灌丧了狗肚子里去了？说她给平儿拾鞋也不要，你们两个只该换一个过子才是。凤姐只得当着众人的面，再次给平儿赔不是，担待她酒后无德。

平儿的善良和机智

平儿的善良体现在方方面面，从回目当中就可看出，比如俏平儿软语救贾琏、俏平儿情掩虾须镯、判冤决狱平儿行权，都体现出她息事宁人，尽量保护他人的做事风格。坠儿偷虾须镯事件，平儿给压了下来，主要是考虑到宝玉平时特别维护女孩子们，怡红院出了这样的事，宝玉和丫头们面上都不好看，也会使别有用心者趁愿，因此就没有声张，只是悄悄地告诉了麝月，让她们提高警惕，等风声过去之后，再稳妥地处理此事。

玫瑰露与茯苓霜事件，还牵扯赵姨娘，是赵姨娘指使彩云偷拿王夫人屋里的玫瑰露，事情暴露出来了，彩云还混淆视听，反倒诬赖别人。平儿把事情审得水落石出，既找出了当事人，教育她一番道理，使她警醒，从此以后不再犯错；又维护了探春的面子，不使她处于难堪的境地。机智过人的平儿，将玫瑰露与茯苓霜事件处理得特别好，保护了柳家的和柳五儿，如果按照凤姐的指示办，她们娘俩各要被打四十大板，将柳家的撵出去，永不许进二门；将柳五儿交到庄子上，或卖或配人。平儿判冤决狱，洗清了她们的冤情，还及时恢复了柳家的工作，柳家母女感谢不尽。当平儿将处理结果汇报给正在病中的凤姐，凤姐依然不肯放过，还要放狠招整治人，平儿劝道："何苦来操这心！得放手时须放手。"劝她不要使人含怨，一席话说得凤姐也笑了，任凭平儿做主发落去吧。平儿出来吩咐林之孝家的："将大事化为小事，小事化为没事，方是兴旺之家。若得不了一点子小事，便扬铃打鼓的乱折腾起来，不成道理。"

平儿待人和气又特别细心，大观园诗社举办活动，大家踏雪赏梅，女孩们穿的衣服都是光彩照人，简直就是一场冬天的时装秀，特别是宝琴的那件漂亮的衣服，映着洁白的雪花、红色的梅花，真是比那画上的还要好看，引得众人称赞不已。可是，邢岫烟只因家境不甚宽裕，仍然穿的是件旧毡斗篷，平儿特别怜惜邢岫烟，特地将一件大红羽纱的衣服叫人给她送去，平儿是既细心又贴心，让人心里感到温暖。

平儿以善良的心对待刘姥姥，刘姥姥二进荣国府，要回家去时，平儿把她叫到这边屋里瞧瞧，只见堆着半炕的东西，平儿给她瞧众人送的礼物，给她详细讲着，这件是谁给的，那个又是谁送的。平儿笑着说，这两件袄儿和两条裙子，还有四块包头，一包绒线，是自己送的，如果刘姥姥不嫌弃，就请收下。刘姥姥见平儿送给自己这些东西，又如此谦逊，十分感谢。只是刘姥姥觉得有些不好意思，为了安慰老人家，平儿笑道："休说外话，咱们都是自己，我才这样。你放心收了罢。"又安顿刘姥姥到了年下，把那些自己家晒的各样的干菜带些来，这里的人都很爱吃，意思就是咱们这是平等的礼尚往来。平儿道："你只管睡你的去。我替你收拾妥当了就放在这里，明儿一早打发小厮们雇辆车装上，不用你费一点心的。"平儿多么体贴这位乡下来的贫苦的老人家，这样的好女孩，真是让人喜欢。

平儿总是尽量保护那些地位很低的奴仆，当凤姐怒打小丫头时，平儿急忙拦住。贾琏的心腹小厮兴儿评论说："倒是跟前的平姑娘为人很好，虽然和奶奶一气，她倒背着奶奶常做些个好事。小的们凡有了不是，奶奶是容不过的，只求求她去就完了。"

平儿对凤姐也很忠心，作为助理很注重维护凤姐。探春理家主事，兴利除宿弊，平儿表示大力支持，大家每说一样，平儿都替凤姐说话，说其实凤姐也想到了，只是有个暂时不能这样办的理由。说得宝钗和探春都敬佩她，说她远愁近虑，不卑不亢，使大家能够心平气和地协商改革大计。

平儿情商很高，能够在复杂的情况下，平衡各方面的关系。虽然有权势却从不滥用职权，也不利用职权欺压别人，也从没有什么私心杂念，而是尽可能地平息各种各样的事端，化解各种矛盾，从而得到了各方的好评。

钗荆裙布邢岫烟

　　红楼中的女子们，千姿百态，性格各异，真是花团锦簇，令人喜爱。而在这百花丛中，邢岫烟就像一朵清雅的兰花，她温润平和，不卑不亢，超然淡泊。

　　原来薛王李邢这四家，在来京城的路上陆续相遇，他们都有着各种各样的原因来投奔贾府，叙起来又都沾亲，所以，会齐了一同结伴而来。贾府顿时热闹了起来，宝玉喜得眉开眼笑，称赞这些新来的女孩子们："老天，你有多少精华灵秀，生出这些人上之人来！"贾母见了宝琴，喜欢得不得了，立刻接到自己身边一起住，又逼着王夫人认了干女儿。下雪天，又送给宝琴名贵的凫靥裘。李纹和李绮姐妹俩，随着母亲一起亲亲热热地在李纨的稻香村住了下来。而邢岫烟她们一家，投奔的却是人气指数最差的邢夫人，贾母便和邢夫人说："你侄女儿也不必家去了，园里住几天，逛逛再去。"凤姐思忖一番，把邢岫烟安排在迎春的紫菱洲居住，为的是以后若有什么不如意的事，也抱怨不着她。邢岫烟的父母本来是想得到邢夫人的帮助，希望生活状况能够得到一些改善，无奈邢夫人是个铁石心肠、自私自利、愚蠢倔强、刻薄少恩的人，根本不照顾别人。

岫烟住在迎春这里。迎春属于佛系的女子，连她自己尚且不能照应周全，更别说照顾岫烟了。邢夫人也不是真心疼爱侄女，让她从每月的二两银子中分出一两来，贴补给她的父母亲，剩下的一两银子，岫烟还要给迎春的那些婆子们打酒吃点心，以至于后来竟然典当冬衣来维持生活。尽管如此，岫烟有了困难从不向人开口，而是自己尽量想办法解决，笑对生活。

下雪天，美丽的金钗们一个个打扮得光彩照人，简直就是一场冬天里的时装秀，唯有岫烟仍然是家常旧衣。大家聚在芦雪庵赏雪作诗，玩得特别开心。宝玉从妙玉的栊翠庵要来了一枝梅花，岫烟作了一首咏红梅花的诗，众人看她写道："桃未芳菲杏未红，冲寒先已笑东风。魂飞庚岭春难辨，霞隔罗浮梦未通。绿萼添妆融宝炬，缟仙扶醉跨残虹。看来岂是寻常色，浓淡由他冰雪中。"这首诗体现出岫烟从容淡定、安然自若的品格，特别是这一句诗："浓淡由他冰雪中"，更是让人对她肃然起敬，虽然在经济上处于清贫之境，精神世界却是那么充实，那么丰富多彩。

岫烟端庄大方，行事得体，赢得了众人的喜爱。凤姐冷眼旁观，见她竟不像邢夫人及她的父母一样，却是温厚可疼的人。因此，凤姐儿又怜她家贫命苦，比别的姊妹多疼她些。平儿也疼惜岫烟，把一件大红羽纱的冬衣送给了她。平儿道："昨儿那么大雪，人人都是有的，不是猩猩毡就是羽缎羽纱的，十来件大红衣裳，映着大雪好不齐整。就只她穿着那件旧毡斗篷，越发显得拱肩缩背，好不可怜见的。如今把这件给她吧。"薛姨妈见岫烟生得端雅稳重，且家道贫寒，是个钗荆裙布的女儿，便欲说与薛蟠为妻，可薛蟠浮躁鲁莽，薛姨妈又想到了薛蝌，生得又好，为人稳重可靠，他们正是天设地造的一对。薛姨妈来与凤姐商量此事，凤姐请求贾母出面做保山，又有邢夫人和尤氏出面协调，就定下了这门亲事。岫烟心中先取中宝玉，然后方取薛蝌。因岫烟和薛蝌在来京的路上见过面，彼此又都有好感，因此，这是一段美好的姻缘。

宝钗看岫烟为人雅重，"见她家业贫寒，二则别人之父母皆年高有德之人，

雨薇的书香红楼

独见她父母偏是酒糟透之人，于女儿分中平常。"而邢夫人刻薄，迎春懦弱，宝钗就像亲姐姐一样无微不至地关心她，常常暗中体贴接济，并不被邢夫人知道，以免多出些是非闲话。黛玉也常常爱和岫烟相往来，这天，宝玉来到潇湘馆，见黛玉正和宝钗、宝琴、邢岫烟四人围坐在熏笼上叙家常，宝玉笑道："好一副'冬闺集艳图'！"伴随着水仙花的香气，融融的冬日多么温馨。花的清香激起宝玉作诗的兴趣，提议下一次诗社活动，就以水仙花和腊梅为题目。

时光飞逝，转眼又到了第二年，正是"花褪残红青杏小"的时节。宝玉从沁芳桥一带堤上走来，只见柳垂金线，桃吐丹霞，山石旁边有一株大杏树，绿叶之间结了许多小杏，不由得浮想联翩，想起岫烟已择了夫婿一事，虽说婚姻是人生的大事，这世上多了一个好媳妇，而少了一个好女孩，再过两年，便也要"绿叶成荫子满枝"了。又想到岫烟将来美丽的青春不再，青丝变成白发，因此不免伤心，只管对杏流泪叹息。宝玉喜聚不喜散，希望青春永远常在，美好的事物永远陪伴在自己的身边。岫烟总有一天会搬出大观园，其他的女孩子将来也会陆续搬出大观园。眼前所有的一切都会在时光中流变，宝玉心中无比惆怅。

宝玉的生日到了，欢乐的生日宴会，真令人心情愉快，就连高傲的妙玉也派人送来了生日贺帖。宝玉当然十分重视，斟酌了一番，也没有想出如何回帖才妥当，就想去请教聪明的林妹妹。路上，远远地望见岫烟走来，便上前问好，谈话中才得知原来岫烟和妙玉是好朋友，宝玉说道："她为人孤僻，不合时宜，万人不入她目。原来她推重姐姐，竟知姐姐不是我们一流的俗人。"岫烟说起从前她们是住了十年的邻居，赁的就是庙里的房子，无事常和妙玉做伴，所认的字都是妙玉所教，既是贫贱之交，又有半师之分。如今，竟有缘在这里相逢，情谊更胜当日。宝玉听后喜得笑道："怪道姐姐举止言谈，超然如野鹤闲云，原来有本而来。"岫烟了解妙玉，指点宝玉回帖时写上"槛外人"，便合了妙玉的心意。

岫烟是一位令人敬重的女孩子，于贫困中见品格，岫烟常与妙玉探讨学问，野鹤闲云的气质来自于读书，读书能使人眼界开阔，读书能使人气质高雅。如果一个人身处书香世家，或者是在富贵之中，能够做到高洁比较容易；而在贫寒之中仍然能够做到高洁，就不那么容易了，那就像是花中君子兰一样的品格了。

你若盛开　清风自来

　　林红玉是荣国府管家林之孝的女儿，分配在怡红院工作，很是清幽雅静，因宝玉选了这一处搬来，所以，她又成了怡红院的小丫环。她生得干净俏丽，说起话来，干脆利落，因出众的工作能力，深得王熙凤的赏识，后调到凤姐的手下工作，得以发挥才能。

　　小红是这些女孩子们当中少有的清醒者，她说："也不犯着气他们。俗语说的：'千里搭长棚，没有个不散的筵席'，谁守谁一辈子呢？不过三年五载，各人干各人的去了。那时谁还管谁呢？"虽是激愤之语，然而，也道出了小红的远见卓识。正是有了这样的认识，小红早早地就为自己的未来筹划，把握机会，寻找出路。

　　小红在怡红院不得志，干些打水、扫地、描花样的活儿。一天，宝玉要喝茶，在屋里喊了一声，恰好无人应答，小红就上来倒了茶，宝玉并不认识她，从来没有见过面，好奇地问一些问题，一方面宝玉不明察秋毫，连自己院里的丫环也不认识；另一方面也是怡红院的丫环婆子太多了，外围的一时没有认过来也是有的。小红告诉宝玉，昨天有个芸哥前来拜见。正在这时，秋纹和碧痕两人抬着水进来了，见了小红，心里便不自在。不一会儿，两人来到小红屋里,质问小红刚才的事。尽管小红给出了合理的解释,可是,秋纹骂道:"没脸的下流东西!正经叫你去催水去,你说有事故,倒叫我们去,你可等着做这个巧宗儿。一里一里的,这不上来了。难道我们倒跟不上你了?你也拿镜子照照,配递茶递水不配!"碧痕道:"明儿我说给她们,凡要茶要水送东送西的事,咱们都别动,只叫她去便是了。"秋纹道:"这么说,不如我们散了,单让她在这屋里呢。"小红本来有往上攀高的心思,无奈宝玉身边一干人,都是伶牙利爪的,根本容不下她,小红不由地心灰意冷了。

宝玉并没有忘记小红,想叫她来跟前服侍,可是,一则怕伤了旁边这些人的心;二则也不知她人品如何,不免心中踌躇。正在这时,远远地看见小红正在一株海棠花旁边扫地,只是隔花人远,宝玉正要上前打招呼,恰巧碧痕来催洗漱,也只得做罢了。

机会永远是留给有准备的人。小红和坠儿正在滴翠亭说话,忽然看见王熙凤招手叫她,原来,凤姐是有一件事要嘱咐平儿办理,这会子身边无人跟随,就派了小红去传达,顺便再把荷包拿来。小红答应着去了。在回来的途中,遇到了一群丫头,又一次受到猛烈的攻击。晴雯一见了红玉,便说道:"你只是疯罢!花儿也不浇,雀儿也不喂,茶炉子也不爊,就在外头逛。"红玉道:"昨儿二爷说了,今儿不用浇花,过一日再浇罢。我喂雀儿的时候,姐姐还睡觉呢。"碧痕道:"茶炉子呢?"红玉道:"今儿不是我爊的班儿,有茶没茶别问我。"绮霰道:"你听听她的嘴!你们别说了,让他逛去罢。"红玉道:"你们再问问我逛了没有。二奶奶才使唤我说话取东西去的。"说着将荷包举给他们看。大家听后无语,只得走开。只有晴雯冷笑道:"怪道呢!原来爬上高枝儿去了,把我们不放在眼里。不知说了一句半句话,名儿姓儿知道了不曾呢,就把他兴的这样!这一遭儿半遭儿的算不得什么,过了后儿还得听呵!有本事的从今儿出了这园子,长长远远的在高枝儿上才算得。"

为此,脂砚斋的批语道:"管家之女,而晴卿辈挤之,招祸之媒也。"怡红院的大丫头们如此欺负排挤小红,是她们真不知道小红的身份和来历,还是明知而故意的呢？有一次，小丫环佳慧对发奖金的不公平待遇发牢骚，为小红打抱不平，从她说的一些话来看，似乎她们并不知道小红是管家之女。既然林之孝是管家，林之孝家的也很有地位，为什么安排小红在怡红院干些闲杂的工作？他们为人本来就很低调谨慎，先让女儿在这里平静地工作，将来再讨个人情，让女儿获得自由，除去了奴籍，嫁到外面的人家，也许他们有自己的打算和考虑。

那小红也不与晴雯理论，忍着气来到了凤姐这里，把交办的事情利落地回明白了。把平儿转给凤姐的话说得干脆利索，一连串的各种奶奶，牵扯四五门子的话，就连李纨都听不懂，读者想要搞清楚也不容易，须标上记号，慢慢地倒腾才能理清，这一段真是精彩得很。喜得凤姐笑道："好孩子，倒难为你说的齐全。"又向红玉说："你明儿伏侍我去罢。我认你作女儿，我再调理调理，你就出息了。"凤姐经李纨提醒之后，才知道她是管家林之孝之女，接着又埋怨林之孝家的有这么好的女孩子，竟然不给她推荐来。强将更需要得力的助手，凤姐爱惜人才，立刻决定把小红调到自己这里来，就问小红意下如何？红玉笑道："愿意不愿意，我们不敢说。只是跟着奶奶，我们也学些眉眼高低，出入上下，大小的事也得见识见识。"回答得多么机智，从此，小红有了自己施展才能的新天地，实现了想要出人头地的理想。

在爱情上，小红同样积极争取自己的幸福，和公子贾芸相识在怡红院，彼此倾心，蜂腰桥设言传蜜意，聪明伶俐的小红，又通过小丫头坠儿暗中传情，交换定情信物，这一对有情人因手帕而结缘，这是一个丢手帕、拾手帕、换手帕的爱情故事。贾芸虽然是贾府的亲戚，却家境贫寒，在向亲舅舅求助遭到冷遇之后，路遇醉金钢倪二，虽然交情不深，倪二却能雪中送炭，是个豪爽之人，贾芸反而得到了资助，从这里也能看出贾芸平时的为人不错。通过贾芸的遭遇我们能够了解到当时社会的人情冷暖，世态炎凉。贾芸来找凤姐的门路，他审时度势，不卑不亢，一席话说得凤姐又得意又自豪，在凤姐处争取到了一项工程，因此，家里的生活得到了改善，也及时归还了醉金钢倪二的欠款。

小红和贾芸都具有奋斗精神，他们的经历也很励志，运用自己的智慧改变生存状态。冲破封建礼教的重重束缚，勇于追求自己的幸福生活，而贾芸从人品看，也是值得托付之人，很值得为他们点赞。只可惜，《红楼梦》前八十回没有将故事继续讲完，我们可以推测，贾芸之母去林之孝家提亲，林之孝再去向凤姐请求放出小红，脱离奴籍，这些都是顺理成章的。参考赖管家的情况，再根据袭人回娘家时娘家人要将她赎回的情况，能够做到脱离奴籍，并不是什么难事。

小红和贾芸，都是有进取精神和感恩之心的人。从脂砚斋的批语中也可以看出，在贾府被抄没之后，贾芸很讲义气，有所作为，探望、搭救宝玉和凤姐。据畸笏叟的批语说，"在'狱神庙'红玉、茜雪一大回文字惜迷失无稿。"红玉和茜雪这两个当年在怡红院不受重视的女孩，一个离开了怡红院，另一个被撵出荣国府，却能在危难之时去探望和帮助宝玉，人世间的事情，有时真是难以预料啊。

蔷薇花下的女孩

生活在贾府里的女孩子，若论高傲的，首先会想到的是黛玉，那是清高自许，目无下尘的高傲。比黛玉还要高傲的是妙玉，请宝黛钗三人喝茶，泡茶用的水是梅花上的雪水，因黛玉询问是不是雨水，竟然被妙玉冷笑说是个大俗人。可是，比她们更为超凡脱俗的却是红楼十二官之龄官。她性格倔强，藐视权贵，特立独行，顶撞上司贾蔷，冷落怠慢宝玉，甚至拒绝为皇妃演唱，的确不是一般人能够做到的，有"富贵不能淫，威武不能屈"之意。

元妃省亲

龄官本是姑苏人，因元春省亲，贾蔷奉命去姑苏采买了十二个女孩子，令在贾府的梨香院里学戏，以便在元春省亲之时为皇妃表演。贾蔷还请来了专职的教习，教这些女孩子们唱戏，又将本府上旧时曾经演过戏的老演员们，派来协助管理。

正月十五元宵佳节到了，元春省亲的队伍浩浩荡荡来到了贾府，只见贾府各处帐舞蟠龙，帘飞彩凤，金银焕彩，珠宝争辉，鼎焚百合之香，瓶插长春之蕊，说不尽的荣华富贵。在省亲的过程当中，有一个重要环节就是点戏，红楼十二官闪亮登场，展示才艺，功夫不负有心人，她们的出色表演得到了贵妃的赞赏，"贵妃有谕，说：'龄官极好，再作两出戏，不拘哪两出就是了。'"贾蔷忙令龄官唱《游园》《惊梦》二出，龄官不从，却执意要演出自己爱唱的戏。演毕，贵妃更加喜欢，传出命令"不可难为了这女孩子，好生教习"，又额外赏了两匹宫缎、两个荷包并金银锞子、食物之类。

从这一回中，我们可以看出龄官倔强的性格，如若他人得赏，这般荣耀，早已欣喜若狂、感激不尽，龄官却是十分从容淡定。再就是龄官在整个戏班子里的演技是超级棒的，能够得到皇妃的赞美，实属不易。还可以看出，龄官竟然敢于违抗戏班总管贾蔷的指令，而贾蔷却扭她不过，这里面确有些故事。

龄官画蔷

宝玉从王夫人处回来，走进了大观园，只见赤日当空，树阴合地，满耳蝉声，静无人语。走到蔷薇花架时，听到有哽咽之声，五月的朵朵蔷薇花正在盛开，枝繁叶茂，宝玉悄往里看，只见蔷薇花架那边，一个女孩子蹲在花下，用簪子在地下抠土。这女孩子眉蹙春山，眼颦秋水，面薄腰纤，袅袅婷婷，大有林黛玉之态。宝玉见她一面流泪，一面写字，看样子很像学戏的十二个女孩子当中的，只是恨自己认不出是哪一个。这是因为，上了戏妆之后，和平时没有化妆是很不相同的，也难怪宝玉认不出来。女孩子在地上写蔷薇花的"蔷"字，起初，宝玉以为她也是要葬花，后来又以为她要作诗填词。可是，只见她写了一个又一个，竟然写了几十个蔷字，宝玉心里却想："这女孩子一定有什么话说不出来的大心事，才这样个形景。外面既是这个形景，心里不知怎么熬煎。看他的模样儿这么单薄，心里那里还搁的住熬煎。可恨我不能替你分些过来。"心地善良的宝玉，真想替她分担些忧愁，心中真是十分地怜惜。这时，忽然间下起了大雨，那女孩子的纱衣裳登时湿了，宝玉怕她被那骤雨淋着，赶紧提醒她避雨，却没有感觉到自己也正在被雨淋着。

情悟梨香院

一天，宝玉闻得梨香院有个名叫龄官的唱得最好，就来梨香院找她，到了屋里，只见龄官独自倒在枕上，见他进来，纹丝不动。宝玉想让她唱一套"袅晴丝"，龄官起身躲避，正色说道："嗓子哑了，前儿娘娘传进我们去，我还没有唱呢。"宝玉仔细一瞧，原来就是那天在蔷薇花下画蔷的女孩，宝玉是贾府中最受宠爱的公子哥，所到之处，都是众星捧月一般，哪里受过这般冷落。

贾蔷提着个雀儿笼子兴冲冲地来了，见了宝玉打过了招呼。贾蔷为了给龄官解闷，特地花了一两八钱银子，买来了名为"玉顶金豆"的雀儿，会衔旗帜串戏台，十分地好玩。众人都道有趣，龄官却冷笑道："你们家把好好的人弄了来，关在这牢坑里学这个劳什子还不算，你这会子又弄个雀儿来，也偏生干这个。你分明是弄了它来打趣形容我们，还问我好不好。"贾蔷见龄官如此这般情形，慌忙将那雀儿放了，笼子也拆了。龄官又说道："那雀儿虽不如人，它也有个老雀儿在窝里，你拿了它来弄这个劳什子也忍得！"说着就哭起来了。贾蔷只得做小伏低，安慰龄官。宝玉在一旁不觉看得痴了，方领会了画蔷的深意。

从前，宝玉原以为所有的女孩子都是围绕着他转的，今见了此情景，不觉痴痴地回到了怡红院。黛玉和袭人正在屋里说话儿，宝玉自此深悟人生情缘，各有分定，各人各得自己的眼泪。这件事情对于宝玉的情感来说，起到了一个引领作用，少年宝玉正渐渐在情悟中成长。

龄官的结局成谜

后来，小戏班解散了，贾府让她们去留自愿，然而，在留下的人当中，并没有龄官，她后来究竟去了哪里？她和贾蔷这对有情人到底怎么样了？前八十回没有再提起。不难看出，他们之间是日久生情，两情相悦，龄官与纨绔公子贾蔷之间的感情是冷中浓，诚而专。然而，在当时的等级社会中，彼此身份悬殊，能不能成功也很难说。也许宁国府的正派玄孙贾蔷会娶龄官，从此过上幸福的生活；也许，龄官会忍痛割爱，选择回到自己的家乡，和家人团聚，就像那只放飞的雀儿一样，重新获得自由。

龄官冷艳高傲，个性鲜明，令人难忘。虽然演技超群，出类拔萃，却并不热爱演艺事业，称唱戏为学这劳什子，又称贾府为牢坑。虽然出身卑微，却很有骨气，不愿向命运低头，当年，她被卖了去学唱戏，家里的日子一定是过得很艰难。戏班子解散后，大部分学戏的孩子都不愿意离开贾府，因而分到各房去当丫头。而龄官却与众不同，坚决地离开了贾府，真希望这位像蔷薇花一样美丽的少女有个幸福的未来。

聪明伶俐俏晴雯

晴雯是怡红院中的一个漂亮的女孩，从小被赖嬷嬷家买去做了小丫环，因贾母喜欢，赖嬷嬷又把她送给了贾母。晴雯又漂亮又伶俐，女红又是别人所不及的，贾母特别疼爱宝玉，就把晴雯给了宝玉，又得到了宝玉的宠爱。宝玉在宁国府那边吃个豆腐皮的包子，心里想着晴雯爱吃，还特地派人给送过来。晴雯可谓是一路春风，很是幸运。可是，她的爆炭一般的坏脾气害了她。

晴雯的人物形象非常复杂，一方面，她有聪明伶俐、率真纯洁、光明磊落、勇于反抗、嫉恶如仇的特点；另一方面，她又是那么娇纵任性、尖酸刻薄、暴躁多气、随心所欲。一方面要求跟比她地位更高的人平等；另一方面又不允许更下层的人们和自己平等，欺负比她地位更低的奴仆们。晴雯的勇，是使力不使心，有勇气但没有智慧，做事情欠考虑。自认为得到宝玉的宠爱，就尖酸刻薄起来，处处树敌，骄傲自大，常常不把别人放在眼里。然而，更为主要的是，她有准姨娘的心态，误以为会长长远远地住在大观园，永远守着宝玉，没有任何的危机感，所以恃宠而娇。她的悲剧命运和这些是分不开的。

晴雯怨过宝钗，气哭黛玉，怼过宝玉，贬过袭人，损过麝月，刺过秋纹，踩过小红，扎过坠儿，和碧痕拌嘴，对芳官吃醋……王夫人见过她又叉着腰骂小丫头的狂样子，婆子们见过她一言不合就骂人的情景。因陪着宝玉读书，小丫头们跟着熬夜，困眼朦胧，前仰后合，晴雯骂道："再这样，我拿针戳给你们两下子！"有一个小丫头犯困，自己撞到了墙上，惊醒后还以为是被晴雯打的，连忙哭着向晴雯求饶，再也不敢打瞌睡了。

抱怨宝钗，气哭黛玉。在《红楼梦》第二十六回中，宝钗来怡红院坐一会儿，原文说："谁知晴雯和碧痕正拌了嘴，没好气，忽见宝钗来了，那晴雯正把气移在宝钗身上，正在院内抱怨说：'有事没事跑了来坐着，叫我们三更半夜不得睡觉！'忽听又有人叫门，晴雯越发动了气，也并不问是谁，便说道：'都睡下了，明儿再来罢！'"黛玉在门外高声说道："是我，还不开么？"晴雯偏没有听出来，便使性子回道："凭你是谁，二爷吩咐的，一概不许放人进来呢！"林黛玉听了，不觉气怔在门外，还以为真的是宝玉下令不准开门，开始胡思乱想起来，越想越伤感，独自走到墙角边花阴之下，也不顾苍苔露冷，花径风寒，悲悲戚戚呜咽起来，直接导致第二天黛玉葬花的经典情景。可怜的黛玉，还泪的速度又加快了一些。

从这一段情节可以看出，晴雯迁怒于人、假传旨意、乱使性子等特点，导致黛玉和宝玉之间产生了很大的误会。浮躁多气的晴雯，因为和碧痕拌嘴，没有管理好自己的情绪，并且迁怒于他人，她说道："有事没事跑了来坐着，叫我们三更半夜不得睡觉！"情况真的是这样的吗？黛玉来之前，看到宝钗走到怡红院了，黛玉刚到了沁芳桥，看见那些美丽的水禽正在戏水，一个个文彩炫耀，好看异常，就被吸引住了，站住欣赏了一会儿。说明并不是晴雯所说的半夜三更，再说黛玉和宝钗也不会太晚才来怡红院。

怼过宝玉，贬过袭人。晴雯失了手将扇子跌在地下，宝玉脱口而出，说晴雯是顾前不顾后的蠢才，晴雯冷笑道："就是跌了扇子，也是平常的事。先时连那么样的玻璃缸、玛瑙碗不知弄坏了多少，也没见个大气儿，这会子一把扇子就这么着了。何苦来！要嫌我们就打发我们，再挑好的使。好离好散的，倒不好？"一席话把宝玉气得浑身乱战，说道："你不用忙，将来有散的日子！"袭人听见他们吵闹，忙过来劝架。没想到晴雯又把气发到袭人的身上，讽刺袭人被宝玉误踢，昨日挨了窝心脚一事。袭人又愧又气，忍着气对晴雯说道："好妹妹，你出去逛逛，原是我们的不是。"袭人是想把事情压下来，大事化小，没想到晴雯听了这话，反倒更加增添了醋意，冷笑道："我倒不知道你们是谁，别教我替你们害臊了！便是你们鬼鬼祟祟干的那事儿，也瞒不过我去，哪里就称起'我们'来了。明公正道，连个姑娘还没挣上去呢，也不过和我似的，哪里就称上'我们'了！"袭人羞得脸红了起来。宝玉气得要去向王夫人汇报，把晴雯打发出去，晴雯哭道："我一头碰死了也不出这门儿。"袭人急忙拉着宝玉，不让他出去，宝玉执意要去汇报，袭人见拦不住，只得跪下央求，麝月等众人也一齐进来跪下，为晴雯求情，方才化解了此事。

跌了扇子本是一件小事，晴雯非但没有道歉，做了错事还理直气壮，对于上司的批评不接受，反而说什么散伙的气话，气得宝玉失去了理智，导致她差点被开除，如果大家不阻拦，后果可想而知。别人是大事化小，小事化了，而晴雯的做法刚好相反。更不应该针对袭人，当众羞辱袭人，进一步将矛盾扩大化，夹枪带棒的语言，让人很是下不来台，而袭人忍气吞声，反过来还为她求情。面对晴雯对于袭人的嫉妒情绪，宝玉的态度是："你们气不忿，我明儿偏抬举她。"

损过麝月，刺过秋纹。这天晚上，宝玉回屋，只见众人都出去玩耍了，只有麝月一个人在家里值班，她的安全意识很强，这里到处都是灯火，要留下来精心看护。二人闲坐无事，宝玉便替麝月梳起了头发，这时，晴雯回来取钱，见此情景，便冷笑道："哦，交杯盏还没吃，倒上头了！"拿了钱，便摔帘子出去了。宝玉对着镜中的麝月说道："满屋里就只是她磨牙。"麝月忙摆手示意宝玉，只见晴雯又从帘外冲了进来，说道："我怎么磨牙了？咱们倒得说说。"麝月说了一句打岔的话，晴雯笑道："你又护着。你们那瞒神弄鬼的，我都知道，等我捞回本儿来再说话。"

在《红楼梦》第三十七回当中，秋纹说起园中桂花开了，宝玉折了两枝孝敬贾母和王夫人，喜得贾母和王夫人连连称赞，因此，随同的秋纹也得到了赏金和衣服，秋纹正在洋洋得意地给大家讲述，晴雯笑道："呸！没见面的小蹄子！那是把好的给了人，挑剩下的才给你，你还充有脸呢。"秋纹道："凭他给谁剩的，到底是太太的恩典。"晴雯道："要是我，我就不要。若是给别人剩下的给我，也罢了。一样这屋里的人，难道谁又比谁高贵些？把好的给她，剩下的才给我，我宁可不要，冲撞了太太，我也不受这口软气。"喜爱晴雯的读者，特别喜欢引用这一段原文来说明晴雯的高风亮节，多么有骨气。可是，紧接着晴雯却出尔反尔，也要去得赏赐，晴雯笑道："我偏取一遭儿去。是巧宗儿你们都得了，难道不许我得一遭儿？"接着，晴雯冷笑道："虽然碰不见衣裳，或者太太看见我勤谨，一个月也把太太的公费里分出二两银子来给我，也定不得。"这一段话里，分别指的是秋纹和袭人。其实，就是对同事的嫉妒，看不得别人得到的待遇比她更好。

踩过小红，扎过坠儿。小红是怡红院的粗使丫环，地位比晴雯等副小姐低，小红被凤姐叫过去取东西，回来的途中，恰巧遇到晴雯等众丫环，小红被怡红院的人训斥、盘问，伶牙俐齿的小红把她们反驳得哑口无言，众人见抓不着什么错，就都散去了。只有晴雯仍然不放过小红，冷笑道："怪道呢！原来爬上高枝儿去了，把我们不放在眼里。不知说了一句半句话，名儿姓儿知道了不曾呢，就把她兴的这样！这一遭儿半遭儿的算不得什么，过了后儿还得听呵！有本事的从今儿出了这园子，长长远远的在高枝儿上才算得。"小红忍着气去找凤姐，后来，因为凤姐特别赏识小红的才干，把她调到自己的身边工作，真的是出了园子，飞在高枝上了。小红在怡红院很受排挤，而被欺负的小红并不是普通人家的女孩子，是管家林之孝的女儿，而林之孝两口子很有权势地位，好像怡红院的大丫环们并不知道这一点。脂砚斋在甲戌本中的侧批道："管家之女，而晴卿辈挤之，招祸之媒也。"晴雯对于小红的无理打压，也反映出她不够厚道。

对于地位更低的小丫环坠儿，晴雯下手更加狠毒。正在病中的晴雯骂小丫头们："哪里钻沙去了！瞅我病了，都大胆子走了。明儿我好了，一个一个的才揭你们的皮呢！"唬得小丫头子篆儿忙进来问："姑娘作什么？"晴雯见坠儿也进来了，就说："你往前些，我不是老虎吃了你！"晴雯便冷不防欠身一把将她的手抓住，向枕边取了一丈青，向她手上乱戳，边骂边狂戳，坠儿痛得乱哭乱喊，麝月忙拉开坠儿。

虽然坠儿偷拿平儿的虾须镯是应该受到惩罚，但是，晴雯的手段也太过残暴了。同样的情况，彩霞偷拿王夫人的东西送给贾环，事发之后，也没见撵她出去，大家还是原谅了她。坠儿事件，晴雯假托宝玉所言，实则自作主张，属于越位的行为。别人提醒她，等到花袭人归来后再做处理，晴雯傲慢地说道："什么'花姑娘''草姑娘'我们自然有道理。"坚决地把坠儿赶走了。只是想不到，今天她在这里以主人的姿态把别人撵出去，没过多久，她也同样被王夫人以主人的姿态撵出了大观园。人世间的事情，真是难说啊。

浮躁多气的晴雯，日常生活中的气性很大。宝玉和芳官一块吃饭，晴雯知道后，用手指戳芳官道："你就是个狐媚子，什么空儿跑了去吃饭，两个人怎么就约下了，也不告诉我们一声儿。"一点儿小事，都能引起她的不愉快。

晴雯的脾气很是暴躁，宝玉就这样说："你素习好生气，如今肝火自然盛了。"晴雯病了，李纨怕是传染病，让个婆子传话，说了一句提醒的话，气得晴雯喊道："我哪里就害瘟病了，只怕过了人！我离了这里，看你们这一辈子都别头疼脑热的。"有病隔离的做法很对，如果真是得了传染病，不管她生气或者不生气，还是应该隔离的。平儿和麝月出去说悄悄话，晴雯怀疑她们是在背后议论她病了不出去的事，后来证实并不是这样；晴雯吃了药，仍然不见好转，急得乱骂大夫，说："只会骗人的钱，一剂好药也不给人吃。"晴雯平时得罪的人太多了，芳官和她的干娘发生了冲突，众人劝解不住，晴雯道："什么'如何是好'，都撵了出去，不要这些中看不中吃的！"那婆子羞愧难当，一言不发。当晴雯决定将坠儿撵走之时，命人将坠儿的母亲叫来，让她把坠儿领走，坠儿的母亲很不情愿，又听到晴雯直接叫宝玉的名字，就与她争论起来，指出这样不妥，晴雯急红了脸，回道："我叫了他的名字了，你在老太太跟前告我去，说我撒野，也撵出我去。"后来，坠儿的母亲抱恨而去，晴雯又得罪了一个人。

　　晴雯的任性和骄纵终于遭到反扑，最先打击她的是王善保家的，说道："别的都还罢了。太太不知道，一个宝玉屋里的晴雯，那丫头仗着她生的模样儿比别人标致些。又生了一张巧嘴，天天打扮的像个西施的样子，在人跟前能说惯道，掐尖要强。一句话不投机，她就立起两个骚眼睛来骂人，妖妖趫趫，大不成个体统。"凤姐也说她是有些轻狂。紧接着，那些平时得罪了的人，开始了大反击。原来王夫人自那日着恼之后，王善保家的就趁势告倒了晴雯。本处有人和园中不睦，也就随机趁便下了些话。王夫人皆记在心中。王夫人盛怒之下，把还在病中的晴雯当成狐狸精赶了出去。没有人宽容她，原谅她，婆子们骂晴雯道："阿弥陀佛！今日天睁了眼，把这一个祸害妖精退送了，大家清净些。"可怜的晴雯，在她被赶走之后，除了宝玉之外，也没见其他人有多难过。

　　而宝玉总是玩虚的，一点不实际，比如可以给她找个好一点的住处，请个医生来看病，请个人帮忙照顾，不至于连口茶也喝不上。这些宝玉完全可以做到，毕竟手下还有那么多的小厮，可是，他并没有做。晴雯好像一盆娇嫩的箭兰送到了猪窝。晴雯一向心高气傲，又一直是娇生惯养，如何能够忍受这样巨大的落差，她又是气又是病，花朵一样的美少女就这样心中含着怨气香消玉殒了。尽管她在为人处世方面有缺点，但是，毕竟还这样年轻，就连一切从头再来的机会也没有了，真是令人可惜可叹。晴雯是判断失误，自我感觉良好，以为得到宝玉的宠爱，将来会和他永远在一起生活，谁知竟然事与愿违。正如判词所言："霁月难逢，彩云易散。心比天高，身为下贱。风流灵巧招人怨。寿夭多因毁谤生，多情公子空牵念。"多情公子宝玉写了《芙蓉女儿诔》，来表达对跟随了他五年多的晴雯的怜惜和追思之情。

金星玻璃美芳官

芳官是红楼十二官中的正旦，小戏班解散之后，她们可以自由选择去留，芳官没有走，被分配到怡红院做了宝玉的小丫环，很快就得到了宝玉的宠爱。因她年龄尚小，又有宝玉的呵护，怡红院中的大姐姐们也都很包容她。这些学唱戏的女孩子们，如同倦鸟出笼，每天在园中游戏。这天，芳官和她的干娘吵起架来。起因是芳官要洗头发，她的干娘把自己亲女儿刚洗过头发的剩水给芳官洗，芳官立刻就反抗，并揭露干娘平时剥削她的月钱。她干娘恼羞成怒，恶言恶语辱骂芳官。她们两个大吵大闹，惊动了众人。而这些旁观者的态度也有很大的不同，芳官一来就受到宝玉的宠爱，晴雯心里自然不爽快，因此说："都是芳官不省事，不知狂的什么。也不是会两出戏，倒像杀了贼王、擒了反叛来的。"也有各打五十大板的，袭人道："一个巴掌拍不响，老的也太不公些，小的也太可恶些。"只有宝玉力挺芳官，"怨不得芳官。自古说：'物不平则鸣。'她少亲失眷的，在这里没人照看，赚了她的钱，又作践她，如何怪得？"接着，又嘱咐袭人要多照顾芳官，袭人给了芳官洗头发用的一些物品，并且说不要再吵闹了。可是，事情非但没有平息下去，反而升级了，芳官的干娘羞愤难当，又恨芳官当众揭发她平时克扣的行为，竟然动手打了芳官几下出气，芳官哭得泪人一般。众人出面狠狠地斥责了那婆子，方平息了此事。芳官她们和婆子们之间积怨已久，在梨香院学唱戏的时候，"因文官等一干人或心性高傲，或倚势凌下，或拣衣挑食，或口角锋芒，大概不安分守理者多。因此众婆子无不含怨。"

洗发事件，芳官是据理力争，不平则鸣。可是，在茉莉粉替去蔷薇硝的事件当中，芳官可没有占到什么理。春燕从蘅芜苑回来，给了芳官一包蔷薇硝，告诉她是蕊官让捎来的。宝玉看见了就询问，并接过硝来看，恰巧贾环也在这里，笑着对宝玉说："好哥哥，给我一半儿。"芳官因是蕊官所赠之物，便不肯给贾环分，急忙上前拦住，就说另找一些来。可巧又没寻着，麝月便说别管什么拿给他就是了，芳官就拿了一包茉莉粉来。贾环高兴地伸手来接，芳官向炕上一扔，贾环只得向炕上拾了，兴冲冲地来找彩云。彩云笑着说："这不是蔷薇硝，是茉莉粉，人家哄你这乡佬呢。"贾环并不介意，说这也是好的。赵姨娘在旁边气得大骂贾环，要他立刻去报仇，趁着抓住了理，大闹一场出气。贾环说了自己不去的理由，并说："你不怕三姐姐，你敢去，我就服你。"一句话把个赵姨娘气得大喊，抓起粉包便飞也似地往园中去了。

来到了怡红院，赵姨娘把粉照着芳官脸上摔去，破口大骂起来："你是我银子钱买来学戏的，不过娼妇粉头之流！我家里下三等奴才也比你高贵些的。"芳官哭着反驳道："我又不是姨奶奶家买的。'梅香拜把子——都是奴几'呢！"这下子可是捅到了赵姨娘的痛处，扑上来就打了两个耳刮子，芳官便泼哭泼闹起来，对赵姨娘说："你照照那模样儿再动手！"一头向赵姨娘撞来。跟着赵姨娘来的那一帮人，在外面听见打了芳官，心中各自称愿，都念佛说："也有今日！"又有那一干怀怨的老婆子，也都称愿。

芳官的小伙伴们听到信后，岂肯被欺负，都气愤地跑来支援。这几个放声大哭，一头向赵姨娘撞去，几乎撞倒，她们手撕头撞，把个赵姨娘裹住。赵姨娘只好乱骂，慌乱地应付，急得袭人拉住了这个，又跑了那个。正在混战当中，探春、平儿等人来了，才算解了围。探春埋怨赵姨娘不顾体统，这么一点子小事，也值得和小孩子大吵大闹。

事情过后，艾官悄悄向探春报告情况，说曾看到夏婆子和赵姨娘嘀咕半天，夏婆子素日与她们不对，前些时还想整治藕官，一定就是她调唆赵姨娘整治她们。有人把消息告诉了夏婆子的外孙女儿小蝉，小蝉急忙来找夏婆子，让她老人家防着点。小蝉命一个老婆子买了糕，正好芳官来到厨房传个话，看到后就说先尝一块，小蝉不肯给，厨娘柳家媳妇忙说厨房里还有一盘，就端了出来。芳官毕竟是小孩子家心性，故意气小蝉，说道："稀罕吃你那糕？"还说："你给我磕个头，我也不吃。"并将手里的糕一块一块地掰了，掷着打雀儿玩。小蝉道："雷公老爷也有眼睛，怎不打这作孽的！"捎带着把柳嫂子也冷嘲热讽了几句，小蝉带着气走了。

原来柳嫂子奉承芳官，是想让她在宝玉面前求个情，把自己的女儿柳五儿也谋进怡红院当差。芳官答应了这件事。又和宝玉要了半瓶玫瑰露与柳五儿，柳五儿后来又得了茯苓霜，到怡红院给芳官送去，回来的路上遇到林之孝家的，因园内最近丢了些东西，正没个头绪，可巧小蝉和莲花也走来了，莲花对柳嫂子有意见，小蝉对芳官不满，便趁机下了些话。于是，林之孝家的就把柳五儿当成怀疑对象，关了起来。后来，平儿出面解决此事，宝玉就把这几件事都揽在自己身上，方平息了风波。

宝玉的生日到了，大家热热闹闹地庆贺，芳官叫柳嫂子单独给自己做了一份饭送来，小燕揭开看时，只见"里面是一碗虾丸鸡皮汤，又是一碗酒酿清蒸鸭子，一碟腌的胭脂鹅脯，还有一碟四个奶油松瓤卷酥，并一大碗热腾腾碧荧荧蒸的绿畦香稻粳米饭。"俗语说隔锅的饭香，宝玉就和芳官一同吃饭，果觉比起往日的还要好吃。怡红夜宴时，芳官和宝玉划拳，越显得面如满月犹白，眼如秋水还清。众人都笑说，他和宝玉倒像是双生的弟兄一样。芳官唱了一支"赏花时"助兴，"翠凤毛翎扎帚叉，闲踏天门扫落花"。大家尽情地喝酒，尽情地欢乐。

有一天，宝玉命芳官将周围的短发剃了去，露出碧青头皮来，当中分大顶，女扮男妆，充当随行的小厮。湘云和探春看见了，也觉得新奇俊俏，就让葵官、荳官也扮成男妆，宝玉又给芳官改名耶律雄奴，后来又改成金星玻璃。

　　在抄检大观园之后，王夫人以雷霆之势清洗大观园，晴雯、芳官、四儿等人被认为是狐狸精，一同被赶出了贾府。芳官在洗发事件中得罪了干娘；蔷薇硝事件得罪了赵姨娘、贾环，彩云虽然没说什么，心中自是不悦；热糕事件又得罪了小蝉，还想要把柳五儿也弄到怡红院来，而芳官在宝玉这里十分受宠，难免引人嫉妒。宝玉怜惜地说道："只是芳官尚小，过于伶俐些，未免倚强压倒了人，惹人厌。"和芳官有着相同遭遇的还有藕官、蕊官，她们不怕打骂，并且以绝食的方式，与摧残她们的婆子们作坚决的斗争，宁可出家做尼姑，也不愿由着干娘随意将她们买卖。可怜这些天真烂漫的女孩子，小小的年纪，背井离乡，出于无奈，最后被迫选择了出家，芳官跟了水月庵的智通，藕官、蕊官去了地藏庵，都出家做尼姑去了，真真令人叹息。

你的善良需带些锋芒

迎春是贾赦的女儿，荣国府的千金小姐，她性格随和，待人和善，一出场就给人以柔美的感觉，只见她肌肤微丰，合中身材，腮凝新荔，鼻腻鹅脂，温柔沉默，观之可亲。

在贾母的命令下，林之孝家的带领着管事的媳妇们，在府内开始了查赌的行动，查出了三个为首的，其中就有迎春的乳母。探春等看见迎春不自在，就去向贾母请求饶过她乳母这一次。可是，贾母深知这些乳母们常常仗势而任性胡来，必须要拿一个做法，方能起到震慑的作用。邢夫人听说这件事之后，来到迎春的住处，抱怨迎春没有管理好自己这边的人，迎春辩解道，也曾经说过乳母两次，只是她不听，没有办法。邢夫人听了特别生气，指责抱怨了一番，又气迎春不如探春，不及她精明强干。

绣橘来向迎春汇报，攒珠累丝金凤找不到了，正预备着等到了八月十五日要戴的，大家都猜测可能是迎春的乳母拿去了，绣橘要向凤姐汇报此事，迎春却说道："罢，罢，罢，省些事吧。宁可没有了，又何必生事。"这时，乳母的儿媳妇来了，原来的确是赌钱输了，拿着攒珠累丝金凤去顶账，还没有赎回来，并且想要迎春出面，为乳母查赌之事求情。迎春说："我自己愧还愧不来，反去讨臊去。"那媳妇恼羞成怒，见迎春软弱可欺，就向绣橘发起攻击，说起牢骚话来，说什么自从邢姑娘来了，她们竟没少往里赔补银子。绣橘听见她牵三扯四地乱嚷，反倒赖起别人，简直是一派胡言，就和她吵了起来。迎春见两个人言语锋利，就表示不要那攒珠累丝金凤了。司棋正在生病，这时候也过来帮着绣橘，迎春见劝解不住，这位懦弱的小姐，就拿了一本《太上感应篇》来看。

这时候，探春、宝钗、黛玉等姐妹都来看望迎春，听见屋里有人吵嚷，探春从纱窗向内一看，见迎春正在床上看书，仿佛什么事情也没有发生似的。探春等进了屋，那媳妇见有人来了，不用劝便止住了。探春问她些话，她支支吾吾回答不上来，探春使个眼色于侍书，侍书会意，这边正说着话，平儿就来了。探春便和平儿说："有人来这里大嚷大叫，二姐姐竟不能辖治，你们二奶奶是如何管家的？是不是有人暗中指使，先将迎春制伏，再将姑娘们都制伏？"平儿忙赔笑，又问迎春的意见。这时，迎春只和宝钗阅《感应篇》故事，探春之语竟然没有听到，见平儿问她是个什么样的态度，就说："送来攒珠累丝金凤便收下，送不来也不要了，其他的事情，任凭你们处治，我总不知道。"众人听她如此说，都笑了起来，黛玉笑道："真是'虎狼屯于阶陛，尚谈因果'。"

懦小姐不问累金凤事件，充分体现了迎春懦弱的性格，没有原则地妥协，没有底线的善良，过分的善良，纵容了别人的阴暗，助长了她们人性中的龌龊，这种逆来顺受，可以说是不问他人是与非，也可以说是无边界地退让，使自己处于被人欺负的境地。迎春所看的《太上感应篇》，是一本道教经典，劝人行善积德，是她的精神支柱。

抄检大观园时，查抄人员到了迎春的住处，查出了司棋的箱子里有她表弟潘又安的东西。司棋是迎春的贴身大丫头，行为比较放肆，不仅为了一碗蒸鸡蛋带人打砸大观园厨房，竟然还把表弟潘又安也引到大观园中约会，胆子实在太大了。因此，司棋列入了被逐出大观园的名单之中，她也曾请求过迎春，指望迎春能够死保赦免她的，只是迎春语言迟慢，耳软心活，不能做主。这天，一群管事的媳妇来了，要带出司棋去，迎春含着泪，数年之情难舍，可是，司棋所犯之事，有关风化，不便去求情。迎春对她说，事已至此，将来终有一散，不如现在就去吧。司棋也无可奈何，只得含泪走了，绣橘哭着赶来，给了她一个绢包，是迎春送的，主仆一场，留个念想。

迎春资质平常，对各种活动也没什么兴趣，诨名是"二木头"，小厮兴儿说戳她一针也不知"嗳哟"一声。元春娘娘差人送出来灯谜，众人都猜着了，皆得了赏赐，独迎春、贾环二人未得。迎春自为玩笑小事，并不介意，贾环便觉得没趣。迎春这样的性格，温柔敦厚，不争不抢，不多言不多语，如果嫁给一个好人家，一生都会很幸福。可是，她那个不负责任的老爹贾赦却将她许给了孙绍祖，贾母和贾政都觉得不妥，贾政倒劝谏过两次，无奈贾赦不听，也只得罢了。邢夫人将迎春从大观园接出来了，准备出嫁。宝玉来到了紫菱洲，心中愁闷，在这里徘徊，只见轩窗寂寞，蓼花苇叶，摇摇落落，没有了往日的色彩，面对如此寥落凄惨之景，宝玉随口说道："池塘一夜秋风冷，吹散芰荷红玉影。蓼花菱叶不胜愁，重露繁霜压纤梗。不闻永昼敲棋声，燕泥点点污棋枰。古人惜别怜朋友，况我今当手足情！"

时光流逝，转眼迎春出嫁已多时。这天，迎春回娘家来了，等孙家的人走后，迎春哭哭啼啼地诉委屈，中山狼孙绍祖，骄奢淫逸、好赌酗酒，还叫嚣说是贾赦欠了他五千银子，是把女儿卖给他的，因此，若不称心如意时，便要随意虐待。王夫人并众姊妹听了无不落泪，王夫人说当初贾政就曾经劝过贾赦，却执意不听，现在果然不好了，也只得认命了。迎春哭道："我不信我的命就这么不好！从小儿没了娘，幸而过婶子这边过了几年心净日子，如今偏又是这么个结果。"

《红楼梦》前八十回是以迎春的探亲为结尾的，没有写出后来的事情，但是，根据第五回的人物判词来说，迎春最后是被虐待致死的。这场婚姻的悲剧，首先是家长不负责任，没有考察好对方的人品，不幸的婚姻，一开始的基础就不好，同时也说明贾府的势力在减弱，处于每况愈下的情形当中。通过迎春的不幸遭遇，揭露和控诉了旧的婚姻制度对于女性的摧残，婚姻不如意，只能认命，也说明当时的女性社会地位低下，根本没有基本权利的保障。

不听菱歌听佛经

惜春是宁国府贾珍的妹妹,从小没有了母亲,父亲贾敬在道观炼制丹药,经常和道士在一起,对家里的事不闻不问,宁国府给贾敬过生日,众人都来参加宴会,而他本人竟然不回家来。

惜春第一次出场,是黛玉刚到贾府时,只见三个嬷嬷并五六个丫环,簇拥着三个姐妹来了。第三个身量未足,形容尚小,这就是惜春。因贾母极爱孙女,她姐妹三个都跟着贾母一起生活。后来,她们又搬到了王夫人这边三间小抱厦里,周瑞家的送宫花,惜春正跟水月庵小尼姑智能儿玩耍,惜春开玩笑说,将来也要去做尼姑,可巧又送了花儿来。若剃了头,这花戴在哪里?

刘姥姥来了,贾母带着她去游园,刘姥姥喜欢这园子,觉得比那画上的还要好看,想要一张大观园的画。贾母把画大观园的任务交给了惜春,其实,以惜春的画功来说,是胜任不了的,她自己说,随手写字的笔画一画罢了,不过是几笔写意,颜色也是只有单调的几种。她和宝钗等众人说:"我又不会这工细楼台,又不会画人物,又不好驳回,正为这个为难呢。"对于这么浩大的工程很发愁。

下雪天,大家出来赏雪,贾母说惜春那里暖和,带领着众人来到惜春住处暖香坞,刚一掀帘,已觉温香拂脸,贾母问她的画进度如何,惜春只得说天气太冷了,不好上色。贾母催促她赶紧点儿,年下就要,可别偷懒儿。众人在回来的路上,见宝琴雪下折梅比画儿上还好,贾母就吩咐惜春把宝琴与梅花,照着样儿,一笔别错,赶快添上。惜春听了虽是为难,只得应了。后来,众人去看她如何画,惜春只是出神。

  对于艺术创作来说,不光要有才能,创作的热情也是相当重要的,惜春并没有创作的热情,只是被动地接受。我们知道惜春后来出家了,而她会画的几笔画,与禅学也有着千丝万缕的联系。禅画的历史源远流长,唐代的"诗佛"王维开创了禅画,他不仅是大诗人,还是画家、音乐家。禅画的特点,画不在于形象,而在于道理,也就是对于佛理的阐释,以简单的笔法,表达心灵深处的意念,通过禅画表现自己悟禅的境界,禅画在宋代达到了意境的完美。

  在《红楼梦》中,惜春是配角,很少出镜。探春成立了诗社,迎春、惜春本性懒于诗词,又没有黛玉、宝钗、湘云、探春的才华;也不像香菱那样,学习作诗竟然到了痴迷的程度;更不像宝琴那样洋溢着青春的活力。集体活动时,惜春只不过在后面跟随,没有什么出彩的地方,还以画大观园为借口,在诗社这边请了一年的长假。黛玉打趣说:"论理一年也不多。这园子盖才盖了一年,如今要画自然得二年工夫呢。"

  抄检大观园的时候,众人到了惜春这里,因她年少,尚未识事,一见这阵势,吓得不知发生了什么事情,凤姐只得过去安慰她。果然,从入画箱中翻出许多私藏的东西,原来是入画的哥哥托入画保管的东西,这些都是宁府贾珍赏赐的。惜春胆小,见了这个也害怕,就说要打还是拉出去打吧,听不惯打人。凤姐表态说,看入画平时的表现还可以,这一回先饶恕她,谁还没个犯错的时候,如果下次再犯这样的错,就要两罪并罚。

  第二天,尤氏进大观园来望候众姊妹们,正在李纨的稻香村说话,忽见惜春派人来请,尤氏到了惜春住处,惜春就把昨天晚上发生的事情详细

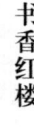

地说了，还把物品让尤氏过目。尤氏证明，确实是贾珍赏入画哥哥的东西，只是不该私自传递，官盐竟成了私盐。惜春觉得这件事让自己丢了脸，在众人面前没有面子，惜春说道："嫂子来的恰好，快带了她去。或打，或杀，或卖，我一概不管。"她小小的年纪，说出来的话如此冷酷无情，入画从小跟随着她，伺候着她，遇到事情了，毫不怜悯，真是够绝情的。入画跪下哭求，只求姑娘看从小儿的情份，还是留下来吧，尤氏和奶娘等人也劝她留情。

谁知惜春虽然年幼，却天生的一种百折不回的孤独僻性，无论谁劝都不管用，不仅坚决不要入画，连宁府的人也要少来往，能够保得住自己就行了，以后有事别连累她。尤氏道："可知你是个心冷口冷、心狠意狠的人。"惜春道："古人曾说，'不作狠心人，难得自了汉'。我清清白白的一个人，为什么教你们带累坏了我！"惜春讽刺在场的人，说她们不读书不认字，都是些呆人，尤氏给予还击，众人急忙相劝。尤氏气愤地说，以后咱们就不亲近，不要带累了小姐的美名。然后，令人将入画带回宁府，便起身赌气走了。惜春在后面冷冷地说，不来更好，还少了许多是非口舌，更加清净。她急于与宁府划清界限，不愿意受到牵连。

惜春最后的结局是出家做了尼姑，在《红楼梦》第五回的人物判词中说道："勘破三春景不长，缁衣顿改昔年妆。可怜绣户侯门女，独卧青灯古佛旁。"惜春看到她的三个姐姐的婚姻状况，各有各的烦恼，不愿意走她们那样的生活道路，出家就可以得到解脱。惜春看到宁府的腐败和堕落，和腐朽的家族划清了界限，保持了自己的尊严，不沾尘世的尘埃。

惜春对待身边人很冷漠，这和她的家庭情况有关，她从小缺失母爱，父亲贾敬从不关心家人，一心只在道观炼丹制药，哥哥贾珍也不关心她。她从小跟着贾母一块住，可是，自从黛玉来了之后，惜春就被移出了，贾母需要关照的孩子太多了，人多太拥挤，只留下宝玉和黛玉解闷，她们姐妹三人搬到了王夫人这边，令李纨陪伴照管。然而，最主要还是性格的原因，探春这样评价惜春:"这是她的僻性,孤介太过,我们再傲不过她的。"

惜春很有佛缘,一方面是真心向佛;另一方面也是消极躲避,远离尘世的繁杂,修得自己的清静。从她的语言和行为方式来看,她的这种清修属于佛教当中的小乘佛法,因此,也符合她只求自保而不管他人的特点,只是,这位在刘姥姥眼中像是神仙一样的女孩子,只能是独卧青灯古佛旁了,岂不让人为她怜惜。

荷花仙子呆香菱

香菱是《红楼梦》中第一位出场的女性,历经人生的大起大落。她的生活分为三个阶段,第一阶段是孩童时期,名为英莲。第二个阶段是被拐子拐走的时期,没有提到她的名字。第三个阶段是被薛蟠强行买到薛家做了小妾,宝钗给她取名为香菱。后来,薛蟠又娶了夏金桂为正妻,出于对美妾的嫉妒,夏金桂开始了迫害的活动,首先从改名开始,改为秋菱。

香菱出生在姑苏城,乳名英莲,父亲甄士隐是乡宦,虽不是大户人家,也算不上有多么富贵,然而,在本地来说也是望族了。英莲生得粉妆玉琢,乖觉可喜,是父母的掌上明珠。元宵佳节到了,家里的仆人霍启(谐音祸起)抱了英莲去看社火花灯,不慎把小英莲丢了,家里的人苦苦寻找,却不见踪影。原来英莲是被拐走了,这可恶的拐子,专偷拐五六岁的孩子,养在僻静之处,等到了十一二岁时再卖,小英莲从小被拐子打怕了,不敢说是被拐来的。后来,拐子将英莲先后卖给了两家,准备收了双份的银子逃走。呆霸王薛公子的豪奴家仆们和冯公子打了起来,结果惹出了人命官司,薛蟠不以为然,将英莲抢走,一走了之。

这薛家本是书香继世之家,薛蟠却是个不学无术之人,整天斗鸡走马,到处闲逛。薛公子十五岁，性情奢侈，言语傲慢，虽是皇商，却不大精通业务，不过赖祖父旧日的情分，户部挂个虚名，支领钱粮。他们一家到了京城，住在了荣国府的梨香院，薛蟠和那些纨绔子弟们混在一起，聚赌嫖娼，渐渐无所不至，比起从前更坏了十倍。

周瑞家的送宫花时，只见香菱笑嘻嘻地走来，就站住问她："你父母今在何处？今年十几岁了？本处是哪里人？"香菱摇头，回答说不记得了，周瑞家的听了，为她叹息伤感一回。在《红楼梦》第十六回中，贾琏和凤姐夫妻俩说话，谈到香菱到了荣国府的情况，香菱先是薛姨妈的小丫头，薛蟠软磨硬泡地和薛姨妈闹腾了一年多，薛姨妈见香菱温柔安静，模样儿也长得好，就答应了薛蟠的请求，摆酒请客，明堂正道地与他作了妾。贾琏说香菱给薛大傻子作房里人，真是玷辱了她。凤姐也说那薛老大是吃着碗里望着锅里，没半个月，就不把香菱当回事了，真是可惜了。

薛蟠出远门做生意去了，宝钗知道香菱很喜欢大观园，羡慕这园子已经很久了，就和薛姨妈提出让香菱搬过来，做针线也好多个伴。香菱高兴地搬到了蘅芜苑，还到园中各处去拜访了大家。来到了潇湘馆，想让黛玉教她作诗。她拜了黛玉为师，黛玉给她讲解作诗的精要，又把王维的五言律拿来，作为诗词启蒙读本，递与香菱。回到蘅芜苑，她在灯下一首接着一首地读着，真是越读越喜欢。

这一天，香菱来向黛玉请教诗词，她喜欢王维的《塞上》，其中有"大漠孤烟直，长河落日圆"这样的好诗好句，令人难忘，还有"日落江湖白，潮来天地青"。黛玉又和她谈起别的好诗，两人正在讨论中，宝玉和探春来了，探春见香菱这样热爱诗词，就准备下请柬，把她请到海棠诗社中来。对于香菱学诗的情节，脂砚斋在庚辰本夹批中感叹道："细想香菱之为人也，根基不让迎、探，容貌不让凤、秦，端雅不让纨、钗，风流不让湘、黛，贤惠不让袭、平。"这样的好女孩没有学诗，真是可惜了，现在终于有机会入园学诗，也算是一种安慰。宝钗带她来到大观园，这是她最为快乐，也最为安逸的一段好时光。黛玉教她学诗,成为家庭女教师,香菱学诗很认真,在池边树下,或坐在山石上出神,或蹲在地下抠土,来往的人都诧异,真是到了入魔的程度。也许是精诚所至,她竟在梦中得句,早晨起来录了出来。众妹妹看她如何写来,诗道:"精华欲掩料应难,影自娟娟魄自寒。一片砧敲千里白,半轮鸡唱五更残。绿蓑江上秋闻笛,红袖楼头夜倚栏。博得嫦娥应借问,缘何不使永团圆!"众人都夸赞这一首写得好,功夫不负有心人,终于超越了前面写的那几首诗。

美好又平静的日子真好,可是,随着薛蟠娶妻事件的来临,香菱平静的生活被打破了。薛蟠娶的正妻名叫夏金桂,她家专门经营桂花的生意,几十顷地独种桂花,她家非常富贵。这姑娘是独女,出落得花朵似的,在娘家也读书识字,母亲对她娇养溺爱,百依百顺,她"爱自己尊若菩萨,窥他人秽如粪土;外具花柳之姿,内秉风雷之性"。娶过门之后,见到香菱这样的美妾,就起了"宋太祖灭南唐"之意,她意欲立威,巩固自己在这个家中的地位,有"卧榻之侧岂容他人酣睡"之心。香菱本是浑然天真之人,有些呆性,以为这新来的夏金桂自然是典雅和平的,和大观园中的女孩子是一样的。谁知夏金桂先是设计挟制薛蟠,后又挟制众人,故意陷害香菱,引得薛蟠也打骂起香菱。为了避免她继续遭受迫害,宝钗把她要了过来,香菱虽然断绝了和前面的来往,终不免对月伤悲,挑灯自叹,她的身体本来就很娇弱,又受到这样的折磨,禁不住病倒了。

香菱的过分善良和单纯,是纯良的天性使然,她总是把人和事情往好处想,对于宝玉的提醒和担心也不放在心上。在旧的婚姻模式下,小妾根本没有地位,形同奴仆一般,倘若正妻宽宏大量,还好一些,若遇到夏金桂之流的人物,日子就不好过了,处于被欺凌被迫害的境地。香菱最后的结局,根据判词的提示不是很好:"根并荷花一茎香,平生遭际实堪伤。自从两地生孤木,致使香魂返故乡。"真是水涸泥干,莲枯藕败。但是,因为红楼没有写完,她未来有多种可能性,真希望她的命运能够稍微好一点,平生遭遇不要那么悲惨,可这终究仅仅是希望而已。

镜花水月薛宝琴

薛宝琴在《红楼梦》中出场很晚，在第四十九回才来到荣国府，宝琴年轻心热，且本性聪敏，自幼读书识字，她的美貌、才华、见识、阅历等各方面都出类拔萃，无人能比，并且得到了全方位的爱护，是一位理想的完美无缺的女性。

宝玉回到怡红院，向袭人、麝月、晴雯等笑道："更奇在你们成日家只说宝姐姐是绝色的人物，你们如今瞧瞧她这妹子，更有大嫂嫂这两个妹子，我竟形容不出了。老天，老天，你有多少精华灵秀，生出这些人上之人来！"一面说，一面自笑自叹，像是有些魔意。晴雯等去瞧了回来，和袭人说宝琴等四位女孩倒像一把子四根水葱儿。探春来了，袭人笑问，都说薛大姑娘的妹妹更好，你看呢？探春道："果然的话。据我看，连她姐姐并这些人总不及她。"作者并没有正面描写宝琴的美貌，而是通过这样的烘托渲染，在强烈的对比之下，充分调动读者的想象力。这样的审美在第五十回达到了高峰，下雪天，大观园仿佛正在举行一场精彩的时装秀，众金钗纷纷闪亮登场，最引人瞩目的还是宝琴：众人一看四面粉妆银砌，忽见宝琴披着凫靥裘站在山坡上遥等，身后一个丫环抱着一瓶红梅。众人都觉得这样的场面像是一幅画，贾母更是称赞比画上的还要好看，因为画上的人没有这么好。宝琴立雪，成为画家竞相展示的美丽画面。与黛玉葬花、宝钗扑蝶、湘云醉卧一样，是《红楼梦》中经典的唯美场景。

曹雪芹在《红楼梦》中塑造的许多人物都是立体的，每一个美人都是那么生动，仿佛就是真人一般，每位女性都个性鲜明。黛玉闲静时如娇花照水，行动处似弱柳扶风，却是个病西施，喜欢使小性儿，拈酸吃醋。艳冠群芳的宝钗端庄沉稳，可是，总让人觉得太过于懂事了，尽管有"宝钗扑蝶"和在母亲怀里撒娇这样的情节，也有活泼可爱的时候，但是，总体来说，平时的言行还是超出了这个年龄段应有的品质，处理事情过于冷静，从而使有些读者产生了距离感。而史湘云率真活泼却又有咬舌的缺点。但是，每一位女子都拥有不同的读者喜爱，殊不知真正的美人方有一陋处，正因为她们有优点又有缺点，所以，才那么真实可信，才那么使人难以忘怀。晴雯和黛玉，宝钗和袭人各自都有支持者。拥林派和拥薛派各自坚持自己的喜爱。

宝琴来到贾府就引起了轰动的效应，得到很多的爱护，美貌超过了所有的姑娘，贾母最喜欢漂亮可爱的女孩子，一见到宝琴就喜欢得不得了，不让到园中去住，让她跟着自己一起住，又逼着王夫人认了干女儿。下雪天，宝琴披着一领斗篷，金翠辉煌，是贾母给的名贵的服装。湘云道："可见老太太疼你了，这样疼宝玉，也没给他穿。"接着，又有人来传贾母的话，说是宝琴年龄小，别管得太紧了，引得宝钗还和她开起了玩笑。宝玉见宝琴得到了贾母的宠爱，正担心黛玉心中不自在，黛玉看到众人认亲的场面，虽然也暗自流泪，那是想到自己的家乡已经是无人可以依靠了。黛玉对宝琴不但没有嫉妒心，反而还格外亲热，真像是亲姊妹一般。宝玉一时也纳闷，一问才知黛玉和宝钗早已达成了金兰契，原来黛玉也是在成长变化当中。管家的媳妇林之孝家的送给了宝琴两盆花，宝琴转送给了黛玉一盆水仙花。

贾母见宝琴踏雪寻梅的情景比画上的还要好看，因此，想要与宝玉求婚配，便向薛姨妈问宝琴的年庚八字并家内景况。薛姨妈明白了贾母的意思，只可惜已经许配给了梅翰林的儿子。可见，在贾母的心中，宝琴才是她老人家心目中的孙媳妇呢，而黛玉对此也没有一点不愉快的表现。

宝琴的才华很出众，在芦雪庵争联即景诗这一回当中，湘云和黛玉、宝琴三人抢着联诗，湘云联句极敏捷聪慧，宝琴的表现也很出色，她还写了一首咏梅花的诗，诗道："疏是枝条艳是花，春妆儿女竞奢华。闲庭曲槛无余雪，流水空山有落霞。幽梦冷随红袖笛，游仙香泛绛河槎。前身定是瑶台种，无复相疑色相差。"众人称赞她的诗写得好，宝玉更是惊叹，宝琴年纪最小，才又敏捷，深感奇异。然而，更为奇异的是大家在制作灯谜的时候，宝琴一个人竟然作了十首怀古的诗，写的是十个地方的古迹，谜底是俗物十件。众人称奇道妙，却都猜不着。这十个谜底到底是什么？后文中并没有表明。因为没有正确答案，读者纷纷猜测，也只能存疑，并不能确定谁对谁错。在众金钗填写柳絮词时，大家的作品各有其美，宝琴的《西江月》柳絮词声调壮美。

《红楼梦》第五十三回，宁国府除夕祭宗祠，这样宏大的场面，却从宝琴这个小姑娘的眼中看来，仿佛她是一位贾府荣华富贵的见证者。后来，宝琴变得不那么耀眼了，第六十三回，宝玉过生日时，晚上夜宴，宝琴明明也在场，却没有她的什么戏份，再到后来，连她的名字也很少见到了，逐渐淡出了人们的视线。

薛宝琴这样一个完美的女性，给人的印象却是水中月，镜中花，没有任何缺点，不属于立体的人物，显得虚无缥缈。宝琴形象的艺术价值，仿佛就是一面镜子，就是一种对照，对照金钗们的人生之不足，宝琴是皇商出身，随父游历天下，到过很多的地方，见识过许多的名胜古迹。这是大观园中的女孩子没有做到的，这在当时的社会也是很少见的。她是理想中的人物，达到了可望却不可及的境界。

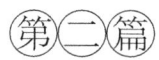

百味人生　不一样的路

贾母的慈爱情怀和生活情趣

管家之母赖嬷嬷

刘姥姥进荣国府

强势女人辣凤姐

竹篱茅舍自甘心

有这样一位姨娘

尤二姐的美丽与哀愁

烈性女子尤三姐

大胆泼辣勇司棋

优越感爆棚的秋纹

开到荼䕷花事了

那些一闪而过的女孩

贾母的慈爱情怀和生活情趣

在荣国府和宁国府中,最为尊贵的就是贾母,她是四大家族当中的史家的千金小姐,嫁到了贾家,经历了贾府的繁盛时期,成为福寿双全儿孙满堂的老祖宗。她随着二儿子贾政生活在荣国府,享受着荣华富贵的生活。贾母乐观积极,心态很阳光,很有生活情趣,品味也很高雅,喜欢热闹的场面。贾母不仅是一位慈爱的长者,也有治家的管理才干,宽厚和严厉并存,是一位智慧的老人家。

贾母对小辈们很爱护,闪耀着母性的光辉,庇护着众多的女孩子,她爱热闹,喜欢和年轻人在一起,贾母最宠爱的是宝玉,视为掌上明珠,迎春、探春、惜春三个姐妹都跟着贾母生活,贾母和王夫人收养了孤单无依的黛玉。黛玉自到荣国府以后,贾母万般怜爱,寝食起居一如宝玉,迎春、探春、惜春三个亲孙女倒靠后。又怕别人不得力,照顾不周,还把自己的丫头紫鹃派给了她,尽心尽力地照顾着黛玉。

史湘云时常住在荣国府,她喜欢这里,不愿意回到史府,就连跟随她的翠缕也是贾府派给她的丫头。当湘云的叔叔去外地上任时,贾母舍不得湘云,就把她留在了大观园居住。薛姨妈一家来到贾府,本来是打算小住一段时间,贾政和王夫人又十分殷勤苦留，贾母遣人来说："请姨太太就在这里住下，大家亲密些。"真心诚意地把她们一家留在贾府的梨香院居住了。薛姨妈又和王夫人说明："一应日费供给一概免却，方是处常之法。"宝钗的十五岁生日到了，贾母因喜欢她稳重和平，特地为宝钗过生日，送给她许多的生日礼物，又请了戏，摆下了家宴酒席，又让宝钗点戏。宝钗懂得体贴老人家，点的都是热闹戏文，依照贾母的饮食口味点菜，贾母更加欢悦。

有一年冬天，贾府迎来了许多客人，宝钗的堂妹宝琴来了，比艳冠群芳的宝钗还要美貌，贾母见到宝琴就特别喜爱，立刻逼着王夫人认干女儿，又让跟着自己一起住。接着又安排李纨的婶子住在贾府，李婶带着李纹李绮在稻香村住下来。还有邢夫人的侄女邢岫烟和迎春住在了一起，后来，贾母和薛姨妈等还促成了薛蝌和邢岫烟的婚姻大事。宝琴一来到荣国府，就得到了贾母的格外宠爱。下雪天，宝琴披着一领金翠辉煌的斗篷，到宝钗这里来，众人见了都赞叹不已，原来这是贾母给的，穿上这样漂亮的斗篷，宝琴越发出众了。不一会儿，贾母又派琥珀前来传话，不让宝钗管紧了宝琴，生怕宝琴受拘束，贾母对于晚辈确实是精心地呵护。

贾府里的一行人去清虚观打醮，贾母和众人正要下轿，有一个剪灯花的小道士，没来得及躲出去，吓得乱跑，被凤姐打了一巴掌，那些媳妇、婆子们都在喊打。贾母听到后，问明了情况，就叫人把小道士带到跟前来，说别唬着他，还是个孩子，怪可怜见的，他老子娘岂不疼得慌？又叫人给他些钱买果子吃，别难为了他。真是位慈祥的老人家，如果不是贾母的保护，小道士还不知会受什么样的惊吓和委屈。

贾母慈悲为怀，惜老怜贫，得知刘姥姥来了，就把她请到跟前说话，称呼刘姥姥为老亲家，热情地留她在贾府住几天，还带领着刘姥姥以及众人到大观园游玩。到了潇湘馆，见窗纱的颜色旧了，就和王夫人说要给换上新的，并说这里又没有个桃树、杏树的，绿纱和这院中的绿竹不相配，颜色看起来有些单调。又叫人把库存的"软烟罗"拿出来，一共有四种颜色，若是用来

雨薇的书香红楼

糊窗子，远远地看着，好似烟雾一样。其中银红色的又叫"霞影纱"，贾母吩咐给黛玉的潇湘馆换上。凤姐说看到过库里存放着的各色纱，也有各样折枝花样的，也有流云万福花样的，也有百蝶穿花花样的，都很好看，还以为是蝉翼纱，原来是软烟罗。贾母觉得这样好的东西，总是存放着也很可惜，不如分给大家做衣裳、做帐子。凤姐命人取来了一匹纱，众人都说从没有看见过这种品质的纱，真是喜欢得不得了，纱又轻软，颜色又鲜，刘姥姥更是爱不释手，说这样好的东西用来糊窗子，真是可惜了。贾母送给了刘姥姥两匹纱，让她带回家去做衣服，又把其他各种颜色的纱也都分给了众人。贾母带着大家游园，听到远处有音乐声，原来是龄官等十二个女孩子在演习乐器，就叫人安排她们前来助兴。贾母道："就铺排在藕香榭的水亭子上，借着水音更好听。回来咱们就在缀锦阁底下吃酒，又宽阔，又听的近。"宴会开始了，大家吃着酒，只听得箫管悠扬，笙笛并发。正值风清气爽之时，那乐声穿林度水而来，自然使人心旷神怡。贾母的审美品味的确很高，懂得如何更好地欣赏音乐的美感，不仅为宴会增添了艺术的情趣，也使人心情更加爽朗。

贾母的八十寿辰，因族中的许多人都来贾府做客，喜鸾和四姐儿随着母亲来给贾母拜寿。贾母见喜鸾和四姐儿生得又好，说话行事与众不同，心中很喜欢，便留下她两个在这里玩几天。贾母忙了一整天，晚间，刚歇息一会儿，忽又想起来一件事，担心别人欺负了这两个女孩子，就吩咐一个老婆子："到园里各处女人们跟前去嘱咐一番，留下的喜姐儿和四姐儿虽然穷，也和家里的姑娘们是一样，大家照看经心些。我知道咱们家的男男女女都是'一个富贵心，两只体面眼'，未必把她两个放在眼里。有人小看了她们，我听见可不依。"贾母的"助理"鸳鸯听了这话，生怕那婆子不好好传话，就自己去园中嘱咐。

中秋节到了，在这合家团圆的时刻，荣国府的赏月活动安排在了山坡上的厅里，所谓登高赏月。在凸碧堂摆下了宴席，大家依次入座，贾母便命折一枝桂花来，大家一起玩"击鼓传花"的游戏，鼓声停时，桂花在手者要给大家讲个笑话。到了二更天时，贾母见月至中天，说道："如此好月，不可不闻笛。"命人去传音乐人前来演奏，贾母吩咐道："音乐多了，反失雅致，只用吹笛的远远的吹起来就够了。"大家正说着话，那边桂花树下，悠悠扬扬，吹出笛声来。趁着这明月清风，天空地净，真令人烦心顿解，万虑齐除，都肃然危坐，默默相赏。大家听了都称赞不已。黛玉和湘云两个要联诗，觉得这里人多未免嘈杂，不如近水赏月的好，两个人走下了山坡，来到凹晶馆，听着悠扬的笛声，联起了诗。妙玉听得这样好的笛声，也出来玩赏这清池皓月，她三人意犹未尽，又来到栊翠庵喝茶联诗。这样的中秋之夜令人难忘。

　　对于晚辈的怜爱使贾母几次伤感流泪。黛玉初到荣府时，贾母哭着迎上来抱着外孙女，既哭自己的女儿，又怜惜失去了亲娘的外孙女；宝玉和凤姐被赵姨娘指使的马道婆迫害得奄奄一息之时，贾母更是哭得忘餐废寝，怒骂混帐的赵姨娘；在宝玉遭到贾政下狠手毒打之时，贾母赶来解救，将贾政一顿痛骂，进来抱着受伤的宝玉心疼地痛哭；宝玉和黛玉两个吵架，贾母听说了，又见他们互不理睬，急得哭了，说他们没有一天不让她操心的，对于晚辈的怜惜宠爱之情溢于言表。可是，有一点不得不说，贾政教子无方，对宝玉非打即骂，贾母则是过于溺爱，毕竟男子还肩负着振兴家族的重任。不过，严格教育子孙，这样的要求对于上了年纪的老人家来说，还是很难做到的。人老了能够享受天伦之乐是很幸福的，晚辈应当自己奋发图强，贾府中的男子也只有贾母的重孙子贾兰能够做到。

管家之母赖嬷嬷

赖嬷嬷在贾府的奴仆当中很有地位,她是荣国府的大管家赖大的母亲,年高有体面,说话也很有分量。她有一颗感恩的心,做事谨慎,虽是贾府的奴仆,日子过得却很富足,享受着晚年的幸福生活。

凤姐过生日,贾母想出一个新的办法来消遣,也学那些小户人家,大家一起凑份子。贾母召集来许多人,商议着出资的数额,按着等级和辈分来定。贾母见屋子里还有许多人站着,就命人拿几个小杌子来,给赖大母亲等年高体面的妈妈们坐了。尽管尤氏、凤姐等都站着,因贾府有这样的风俗,年高伏侍过父母的家人,比年轻的主子还有体面。大家说笑着商议,赖嬷嬷说她们这几个凑份子应该比少奶奶们矮一等才是。贾母笑道:"这使不得。你们虽该矮一等,我知道你们这几个都是财主,分位虽低,钱却比她们多。你们和她们一例才使得。"脂砚斋在庚辰本夹批中这样说:"惊魂夺魄只此一句。"贾母经历的事情多,深知赖嬷嬷她们这些人家依靠着贾府,早已经是"做大做强"了。

这一天,李纨带着众姐妹还有宝玉,来到凤姐这里,请凤姐给诗社拨款,大家正说着话,只见一个小丫头扶了赖嬷嬷进来。原来她是来请大家到她家去做客的。因为她的孙子赖尚荣依靠着贾府的关系，选为了州县官儿，很快就要去上任，这是多么可喜可贺的事情啊。赖嬷嬷不忘感恩，她说："我也喜，主子们也喜。若不是主子们的恩典，我们这喜从何来？"能有这样的荣耀，全是托主子洪福。为了答谢大家，赖嬷嬷吩咐赖大连摆三日的酒，又请了戏，好好地庆贺庆贺。

赖嬷嬷的儿子赖大是荣国府的大管家，位高权重。虽然生活富足，可是世代为奴仆，她的孙子赖尚荣受贾府的恩典，一出生便脱离了奴籍，从小也是公子哥儿似的读书认字，周围也是奶妈、丫头们伺候着，如同凤凰似地捧着。如今，又承蒙主子的恩典，选为州县官儿，改变了世代为奴仆的生存状况，从而实现了阶层的跨越，成功转型。赖嬷嬷说了一句话，很是引人联想，她说自家的年轻一代，只知道享福，也不知道他爷爷和他老子受的那苦恼，熬了两三辈子，到了这一代总算是熬出来了。赖嬷嬷很懂得教育的重要性，要求赖尚荣到任后，不要横行霸道的，一定要安分守己，尽忠报国，做好一方的州官。凤姐和李纨听了这话，觉得赖嬷嬷多虑了，她们笑着说道："闲了坐个轿子进来，和老太太斗一日牌，说一天话儿，谁好意思的委屈了你。家去一般也是楼房厦厅，谁不敬你，自然也是老封君似的了。"晚辈的事情自有他的父母操心呢。老人应该享福才是。赖嬷嬷却认为，这些孩子从小就得管得严点，孩子经常淘气惹事，旁人就会觉得这是仗着财势欺人，会造成不好的影响。赖嬷嬷时常把赖大叫来训斥一顿，让他管教好自己的儿子。接着，赖嬷嬷又表达了对于贾府教育问题的忧虑，回忆起老一辈的教子传统。

赖嬷嬷家里也有个花园，"那花园虽不及大观园，却也十分齐整宽阔，泉石林木，楼阁亭轩，也有好几处惊人骇目的。"赖嬷嬷持家有方，家业整理得很是兴旺，管理得井然有序。探春理家时，兴利除宿弊，对于大观园进行一系列的改革，其中的承包责任制就是借鉴赖嬷嬷家里的管理模式。探春等众人应赖嬷嬷的邀请，去她家里做客，探春和赖大的女儿聊天，了解到她们家这精致的花园，不仅仅是赏心悦目，供人消遣，还能创造经济效益。除她们戴的花、吃的笋菜鱼虾之外，其余让人承包了去，年终足有二百两银子剩。一个荷叶，一根枯草根子，都是值钱的。探春因此深受启发，觉得大观园往日的管理应该改变，不能总是花钱雇人整理，这么大的园子，并没有创造任何的经济价值，真是太可惜了。

赖嬷嬷年长且有体面，说话有理有据，让人敬重。凤姐过生日时，周瑞家的儿子先吃醉了酒，往里面送东西时，失了手，撒了一院子东西。后来，凤姐打发彩明去说他，他倒骂了彩明一顿。凤姐愤怒之时，下令要把他撵出去。并且说两府都不得收留他。周瑞家的忙跪下央求。赖嬷嬷问清了情况，就和凤姐说，周瑞家的是王夫人的陪房，如果撵出她的儿子去，王夫人脸上不好看。倒不如教训她儿子几板子，惩戒一下，使他以后不敢再犯错。凤姐听了这话有理，就答应下来，不撵他出府了。周瑞家的忙向凤姐磕头，又要向赖嬷嬷磕头，赖大家的赶忙拉住了。赖嬷嬷说话能够抓住重点，使凤姐改变了想法，一方面拯救了周瑞的儿子；另一方面也不使王夫人难堪，又免去凤姐和人结怨，对于各方都有利。

晴雯原来是赖嬷嬷的小丫头，赖嬷嬷常带着她进贾府。贾母见她生得伶俐标致，十分喜爱，赖嬷嬷就把她送给了贾母，贾母心里自然很高兴。赖嬷嬷的儿媳妇赖大家的也很会做事，看到贾母很宠爱宝琴，就不失时机地送给宝琴两盆水仙花和两盆腊梅。

赖嬷嬷是一位智慧的老人家，理应受到大家的尊敬。她知礼守礼，待人和气，谨慎行事。同样是嬷嬷，宝玉的奶妈李嬷嬷就令众人讨厌，她倚老卖老，觉得年轻的女孩子都是狐狸精，不仅经常漫无边际地骂那些丫头们，还与她们争吃争喝，没有长者的样子，让别人怎么尊敬她呢？只能是忍让罢了。难怪宝玉在喝醉酒之后，要撵出她去，可见资历并不是受尊重的原因，赖嬷嬷和李嬷嬷，一个受人尊重，一个遭人嫌弃，这里面的道理发人深思。

刘姥姥进荣国府

　　刘姥姥是大家喜爱的人物,性格乐观豁达,她的勤劳能干,她的朴素善良,她的幽默风趣,她的随机应变,都给人们留下了深刻的印象,展现出老人家的智慧以及胸襟胆识。特别是知恩图报的品德,很值得赞美。

　　刘姥姥是生活在乡下的一位老人家,这小小的一个人家,与荣国府略有些瓜葛,秋去冬来,天气渐渐地冷了,过冬的物品还没有着落。女婿王狗儿,吃了几杯闷酒,在家里寻闲气,刘姥姥让他出去想办法弄些银子,一家人也好过冬,整天在家里跳蹋,成个什么样儿。王狗儿说:"又没有收税的亲戚,做官的朋友,让我上哪里想办法去呢,难道叫我打劫偷去不成?"刘姥姥出了个主意,说狗儿的祖上和荣国府的王夫人家曾经连过宗的,去荣国府试一试运气,说不定是个好办法。

　　第二天一早,刘姥姥带着外孙板儿进城来了。她家的女儿和女婿拉不下脸面,不好意思出来打秋风。刘姥姥想着,谋事在人,成事在天。如果有些好处,生活就会好一些。如果得不到资助,来公府侯门见一见世面也是好的,算是旅游一趟。这一老一小来到了荣国府的大门前,看见簇簇的轿马,又见几个挺胸叠肚、指手画脚的人在那里聊天,听见刘姥姥要他们请周瑞出来,那些人也不瞅睬。其中有一位年老的人比较厚道一些，告诉刘姥姥实话，在这里根本等不着，去后街上就能找到周瑞家的。

刘姥姥来到了后街，有一个小孩子带她找到了周瑞家的。周瑞家的把刘姥姥迎回屋里，因周瑞以前曾经争买土地，王狗儿出过力，周瑞家的倒不忘旧情，听刘姥姥是特意来看望她的，心里就猜着几分来意。寒暄了一会儿，又说起凤姐会说话，会办事，只是待下人未免太严了些。周瑞家的带她去见当家主事的琏二奶奶。到了凤姐这里，只见满屋里之物都是耀眼争光，使人头悬目眩，刘姥姥点头咂嘴念佛，忽见堂屋柱子上挂着一个什么物件，忽然若金钟铜磬一般"当"地响了起来，把刘姥姥吓了一大跳。这时，只听得有人说凤姐回来了，又等了很久，总算是见到了凤姐。周瑞家的一边说着话，一边给刘姥姥递眼色儿，刘姥姥先飞红了脸，只得忍耻说家里生活艰难，天气又冷了。凤姐忙将话止住了，问刘姥姥吃过了饭没有，传了一桌饭，把她们请过去。趁着刘姥姥去吃饭的空，忙问周瑞家的刚才去请示王夫人的情况，周瑞家的传达了王夫人的意思：既然来了，就不可慢待。这事叫凤姐裁度着办。

刘姥姥吃了饭，过来道谢，凤姐和刘姥姥说了一通府上也是一样艰难，大有大的艰难等语，刘姥姥以为是推脱之语，心里很是紧张。后来，凤姐又说既然大老远地来了，也不能让刘姥姥空来一趟，然后，命平儿给刘姥姥二十两银子。刘姥姥说道："瘦死的骆驼比马还大，凭的怎么样，你老拔根汗毛比我们的腰还粗呢！"周瑞家的听她说的粗鄙，忙给她递眼色儿，凤姐笑而不睬，命平儿将银子包好，又另外给了一串钱，让回家的时候雇个车子坐。刘姥姥千恩万谢的，拿了银钱出来了，心情也从紧张转到了求助成功的喜悦当中。周瑞家的和刘姥姥说，见到凤姐怎么不会说话了？说什么板儿是凤姐的侄儿，刚才来借炕屏的蓉哥才是凤姐的侄儿。刘姥姥笑着和周瑞家的说着话，又要留下一块银子为答谢礼，周瑞家的并不收。刘姥姥感谢不尽，一家人的生活有了着落。

在《红楼梦》第三十九回中，刘姥姥怀着感恩的心情领着板儿二进荣国府，这一回不是来打秋风的，而是带来了乡下的新鲜的枣子倭瓜和野菜，让大家尝一尝鲜，也算是表达一点心意。她放下了东西，看看天色，就要起身告辞。周瑞家的让她等一等，要去向凤姐汇报一下。回来后，笑着和刘姥姥说，凤姐让留下来住，贾母听见了，问清原由之后，也要请刘姥姥过去。贾母正想找一位年龄相当的人说一说话，刘姥姥不敢去，平儿说贾母最是惜老怜贫，让她不要紧张。平儿和周瑞家的把刘姥姥带到了贾母房中，只见满屋里珠围翠绕，花枝招展，有许多人在这里，又见一张榻上坐着一位老婆婆，还有一个美人给捶腿。刘姥姥忙说："请老寿星安"，贾母听了这样的称呼，心里自然很高兴。贾母称刘姥姥为老亲家，并说既然今天大家都认了亲，就在这里住上两天。刘姥姥给大家讲些乡村的所见所闻，贾母更加爱听。晚饭时，贾母又将自己的菜拣了几样，命人给刘姥姥送过去吃。晚间，刘姥姥又开始给大家讲故事，为了更生动有趣些，就讲了个雪下抽柴的故事，其实是信口编的，没想到宝玉竟然信以为真了。

　　次日清早，天气晴朗。贾母带领着众人来到了大观园，要给史湘云还席。李纨命碧月捧过一个盘子，里面盛着各色的花。贾母选了一朵花簪于鬓上，凤姐笑着给刘姥姥横三竖四地插了一头的花，引得贾母和众人哈哈大笑起来。刘姥姥笑道："我虽老了，年轻时也风流，爱个花儿粉儿的，今儿老风流才好。"刘姥姥夸赞大观园的美景比画还要好看，贾母领着刘姥姥到各处去看一看，也都见识见识。到了潇湘馆，路边苔滑，刘姥姥自恃常年走习惯了的，光顾着说话，谁知"咕咚"一跤跌倒，众人忍不住笑了起来。到了屋里，刘姥姥打量了黛玉一番，说她的屋子像是公子的上等书房，接着他们又在各处游览。

　　宴席开了，鸳鸯把刘姥姥叫到一边，嘱咐了一些话，刘姥姥入座，开始讲话，说出来的话特别搞笑，像是现在的小品演员一样，再加上表情和动作，把大家逗得笑得不得了，湘云笑得一口饭都喷了出来，黛玉笑岔了气，宝玉笑得早滚到贾母怀里，周围的人也都是哈哈大笑。贾母命一个老嬷嬷将各样的菜给板儿夹过去。贾母吃了饭，到探春那里说话去了。鸳鸯和凤姐都向刘

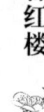

姥姥赔不是，叫她别恼。刘姥姥笑着说，咱们这是哄着老太太开心，这有什么可恼的，只不过是逗个乐。

众人也来到探春的秋爽斋，贾母带着刘姥姥坐了船，来到了异香扑鼻的蘅芜苑，一路又走到了缀锦阁，大家在这里休闲娱乐，宴会在欢乐的气氛中开始了。贾母提议吃酒要行酒令才好，轮到了刘姥姥行酒令，也只得勉强接应；鸳鸯道："中间'三四'绿配红"，刘姥姥接："大火烧了毛毛虫。"鸳鸯说一句，刘姥姥接一句，说的都是乡村生活中的本色句子，倒也新鲜，且又与众不同，一个萝卜一头蒜，花儿落了结个大倭瓜，引得众人哄堂大笑起来。凤姐给刘姥姥夹了茄鲞吃，给她讲这道菜复杂的制作过程。那边，传来了音乐声，箫管悠扬，笙笛并发，刘姥姥高兴得手舞足蹈起来。

大家起身去散一散步，贾母带着刘姥姥等众人游玩，告诉她这是什么树，那是什么花。这时，奶妈抱着凤姐的女儿来了，小女孩见到板儿抱着一个佛手，就哭着要佛手，众人将女孩手里的大柚子给了板儿，换下了佛手给了女孩。脂砚斋在庚辰本和蒙古王府本中都指出这个情节是伏线千里，读者也许可以理解为预示着两个孩子以后的姻缘。接着，众人去了妙玉的栊翠庵品茶，刘姥姥吃醉了酒，误打误撞地来到了怡红院宝玉的卧房，袭人回来，见她酒屁醉气地醉倒在床上睡着了，忙将她推醒，刘姥姥吓得惊慌失措，袭人忙替她掩饰。

第二天，刘姥姥来见凤姐，凤姐说起她的女儿时常生病，让刘姥姥给起个名字，刘姥姥根据孩子的出生日以毒攻毒起了名字叫巧姐，说以后必然是遇难成祥，逢凶化吉。凤姐听了很欢喜，连忙道谢。

刘姥姥要回家去了，平儿让她瞧瞧众人送的礼物。有她爱吃的点心和果子等，有两口袋上等的好米，有青纱和茧绸等。还有凤姐送的八两银子，王夫人送的一百两银子，叫刘姥姥带回家去，或者做小本买卖，或者置几亩地，以后的日子会好过些。这些银子的数量真是可观，刘姥姥在算螃蟹宴的费用时，曾经说过二十两银子够她们这样的庄稼人过一年的。贾母送给刘姥姥几件新衣服，鸳鸯和平儿也送了许多的东西，宝玉送的是成窑盅子。刘姥姥千恩万谢地和大家告辞，念了几千句佛。

　　刘姥姥二进荣国府，很开心，很快乐，没见过的也见了，没吃过的也吃了，没听过的也听了，又得到那么多的资助，回家后，日子过得滋润且富足起来。通过这次游园活动，展现出大观园各处精美的建筑，以及室内不同风格的装饰，同时，也反映出贵族大家庭的日常生活状态。更重要的是为后来刘姥姥营救巧姐打下了伏笔，她老人家是很可敬的，有着知恩图报的美德，在贾府被抄家之后，刘姥姥解救了凤姐的女儿巧姐，不似巧姐那爱银钱、忘骨肉的狠舅奸兄那样无情无义。而"刘姥姥进大观园"也就成了一句现代流行的俗语。

强势女人辣凤姐

凤姐是贾母的孙媳妇,又是王夫人的内侄女,她精明强干,泼辣狠毒,仿佛是一朵鲜艳夺目的罂粟花,是荣国府内部实际的掌权人。她一出场就先声夺人,黛玉初来的时候,还未见其人却先闻其声,一群人簇拥着一位少奶奶进来了,只见她是"一双丹凤三角眼,两弯柳叶吊梢眉,身量苗条,体格风骚,粉面含春威不露,丹唇未启笑先闻",穿着打扮非常华丽,彩绣辉煌,恍若神妃仙子,贾母让黛玉称呼她为凤辣子。

协理宁国府

凤姐协理宁国府,表现出超凡的管理才能,锋芒毕露,对敢于违反纪律者,给予严厉的惩罚,绝不留情,从而树立起了威信。凤姐针对宁国府目前存在的一些问题,指出了五条导致混乱局面的弊端。有遗失东西的,有相互推诿的,有滥支冒领的,有苦乐不均的,还有不服管束、不求上进的。

凤姐首先命彩明定造簿册,卯正二刻就来点名。凤姐开始分派工作,这二十个人专管这一项工作,其余的事情一概不用管。那四个人管什么工作,那八个人又管什么，责任到人，赏罚分明，再不似从前那样混乱无头绪了。那场面有些像发布命令的将军一样，凤姐见自己威重令行，心中十分得意。有一天，点完了花名册之后，有一个人慌慌张张地跑来了，说是偶尔来迟了，请求饶恕。凤姐下令，定打不容情，那人被拉出去打了二十大板，革一月银米。众人都被震慑住了，自此都兢兢业业，再不敢偷懒迟到了。

凤姐以身作则，工作特别勤奋，每日早早来到宁国府。她指挥若定，言语慷慨，英气勃发，不仅要处理宁国府里的事情，荣国府那边的事情也要处理，无片刻闲暇之时，打理得井然有序，令人不得不敬佩她的管理才能，不愧是脂粉队里的英雄。

凤姐的心狠手辣

王熙凤弄权铁槛寺这一回，重点表现了凤姐涉及打官司的事，那净虚老尼使用激将法，激起了凤姐的兴头，她说："凭是什么事，我说要行就行。你叫他拿三千两银子来，我就替他出这口气。"凤姐叫来心腹小厮旺儿，令他去办妥此事。因凤姐无端干涉司法，导致两个有情有义的青年男女双双殉情，另外企图强娶的那一家，也落得人财两空，只凤姐却坐享了三千两银子。王夫人等众人都不知道这些事情，"自此凤姐胆识愈壮，以后有了这样的事，便恣意的作为起来，也不消多记"。造孽者是多么的可恶。

王熙凤毒设相思局是对无耻之徒贾瑞的无情回击。花园偶遇，贾瑞为凤姐的姿色所迷惑，他恬不知耻地前来挑逗，凤姐岂肯饶恕。她假意应允，使贾瑞以为有机可乘，凤姐便点兵派将，设下圈套。那贾瑞仍旧痴迷不悟，竟然自投罗网，结果被捉弄、被敲诈，还被祖父贾代儒打了三四十板，可仍然不知悔改。贾瑞禁不住几番折磨病倒了，寻医找药也不起什么作用。这天，忽然来了一个跛足道人，给了他一面"风月宝鉴"，嘱咐他只能照反面，贾瑞不听医嘱，就要照正面，那是因为里面有凤姐可以与他缠绵。最后，贾瑞一命呜呼了。凤姐对于贾瑞这件事的处理太狠毒了，虽然整治了痴心妄想的人，但她完全可以正言训斥，避免后面的事情发生。

贾琏偷娶尤二姐的事情被凤姐知道了，她趁着贾琏外出，花言巧语把尤二姐骗入大观园，有计划、有谋略地一步一步将尤二姐逼上绝路。她把伺候尤二姐的丫头换成自己的人，又唆使与二姐以前有过婚约的张家去官府告状，她自己又去大闹宁国府。后来因张华父子妄告不实，惧罪逃走，凤姐担心他们将来反悔，于是就起了歹意，命令自己的心腹旺儿务必将张华父子治死，方剪草除根。因考虑到这是人命关天的大事，旺儿不敢下手，遂在外躲藏了几日，回来后谎报情况，说是已经完成了任务。凤姐有些不信，但是，也总算是勉强混了过去。贾琏回来了，没想到贾赦把秋桐赏给了贾琏，凤姐心中愤怒，只不表现出来，想出来个"借剑杀人"之法，借秋桐来欺负尤二姐，她且"坐山观虎斗"。后来尤二姐在一连串的打击下，吞金逝去了。

凤姐是个蛇蝎美人，心狠手辣，下手极狠。打小丫头时，一扬手打得小丫头一栽，凤姐说道："叫两个二门上的小厮来，拿绳子鞭子，把那眼睛里没主子的小蹄子打烂了！"又从头发上拔下一根簪子来，向那丫头嘴上乱戳。

贾府的人去清虚观打醮，只见车辆纷纷，人马簇簇。有个十二三岁的小道士，正在剪灯花，没来得及躲出去，正撞在凤姐怀里，凤姐便一扬手，照脸一下，把那小孩子打了一个筋斗。贾母听见了，将小道士叫到跟前，说可怜见的，不让吓着小孩子，又让给他些钱，买些果子吃去。

在追查玫瑰露和茯苓霜事件时，平儿已经审理清楚了，凤姐仍然不肯放过那些无辜的小丫头。凤姐说道："依我的主意，把太太屋里的丫头都拿来，虽不便擅加拷打，只叫她们垫着磁瓦子跪在太阳地下，茶饭也别给吃。一日不说跪一日，便是铁打的，一日也管招了。"只因当时凤姐正在病中，又有平儿相劝，让她得放手时须放手，不然，又要有多少小丫头被牵连而遭殃。

凤姐的幽默风趣和好口才

　　凤姐的口才特别好,就连说书的女先儿都佩服她。史太君破陈腐旧套一回,凤姐称老祖宗的一席话就叫作"掰谎记",她一面斟酒,一面说笑,贾母高兴地说道:"可是这两日我竟没有痛痛地笑一场,倒是亏她才一路笑得我心里痛快了些,我再吃一钟酒。"贾母是荣国府和宁国府的最高权威者,凤姐深受贾母的宠爱,有了这座靠山,凤姐掌家管事才如鱼得水。

　　凤姐特别会逗贾母开心。史湘云藕香榭摆下螃蟹宴,邀请贾母等众人来。贾母回忆起自己小时候淘气掉到水里,头上碰了一个窝,凤姐连忙笑道:"可知老祖宗从小儿的福寿就不小,神差鬼使碰出那个窝儿来,好盛福寿的。寿星老儿头上原是一个窝儿,因为万福万寿盛满了,所以倒凸高出些来了。"未及说完,贾母与众人都笑软了。

　　凤姐特别会见风使舵。邢夫人因贾赦想要鸳鸯做屋里的人,来和凤姐商议如何去和贾母提出此事。凤姐一听,就说了一番此事不妥,不要碰这个钉子去,又将一些人之常情的道理说与邢夫人。可是,邢夫人不但没有被说服,反而还有些恼了。凤姐深知邢夫人禀性愚犟,只知顺从贾赦以自保。凤姐见再劝也拦不住她的愚蠢行动,立刻就转变态度,变反对为支持,一番话把邢夫人说得转怒为喜。凤姐又称赞她有智谋,制订的计划也是千妥万妥的,事情一定会成功。

　　果然不出凤姐所料,鸳鸯抗婚,誓死不从,向贾母哭诉。贾母听后大怒,并且还迁怒于在场的王夫人。当探春跟贾母说明这事和王夫人没有关系,贾母又责怪凤姐也不提醒。凤姐笑着说道:"谁教老太太会调理人,调理的水葱儿似的,怎么怨得人要?我幸亏是孙子媳妇,若是孙子,我早要了,还等到这会子呢。"说得贾母也笑起来了。

　　凤姐对大观园的亲人们特别关心照顾。凤姐和贾母王夫人商议,建议在大观园设立一个小厨房,因考虑到冬天冷,每日到这里来吃饭,路上来回走,冷风朔气的，林妹妹如何禁得住？就是众位姑娘也禁不住。贾母向前来请安的众人夸赞凤姐做事周到，众人也评说，凤姐是真心疼爱小妹妹们，对贾母也是真心孝敬的。

凤姐对宝玉的准姨娘袭人也是特别关照的。袭人的母亲病重，袭人要回家探望，王夫人请凤姐酌量去办理，凤姐吩咐周瑞家的派几个婆子和小丫头陪着袭人一起回娘家，要两辆车送去，并且衣裳要穿好的，包袱、手炉也要好的。凤姐嫌袭人的外套颜色太素了，就送给她一件大毛的衣服，袭人打扮得华丽又体面。

凤姐的悲凉与无奈

凤姐的上面有三层公婆，贾母特别欣赏她，也很疼爱她。王夫人委托她管理荣国府，虽然很信任她，可有时也会盘问审查，遇到一些特别的事情时，更会翻脸责备，比如绣春囊事件。邢夫人不受贾母待见，属于尴尬人的行列，有一些在野情绪，而凤姐又是贾母、王夫人这边的红人，不大奉承她这个婆婆，因此，对凤姐有不满的情绪，说她是雀儿拣着旺处飞，有次，竟当着众人的面，阴阳怪气地讽刺凤姐，让她难堪。

由于长期超负荷工作，她的身体也渐渐地垮下来了，但她不知保养，仍然逞强，强撑着继续主持工作，导致病情加重。贾琏整天偷鸡摸狗，什么脏的臭的都往屋内拉，又干出偷娶尤二姐这样的事，使凤姐特别烦恼。虽然贾琏不该停妻再娶，可是凤姐拈酸吃醋也是礼教不允许的，这就形成了人性与礼教的冲突，势必会给将来留下一些隐患，贾琏对凤姐的态度是"一从二令三休"。凤姐最后是悲凉的结局。

贾琏的小厮兴儿这样评论凤姐，说她："嘴甜心苦，两面三刀；上头一脸笑，脚下使绊子；明是一盆火，暗是一把刀：都占全了。"周瑞家的也评价她待下人未免太严了些。凤姐也知道许多人对她有怨言，她说："若按私心藏奸上论，我也太行毒了，也该抽头退步。"可是她也有难处，虽然看开了些，无奈一时也难放宽，有点骑虎难下了。

　　凤姐利用权力，拼命地聚敛钱财，到头来都是一场空。幸亏凤姐和刘姥姥结了善缘，她帮助贫困的刘姥姥一家渡过难关，后来，贾府被抄，刘姥姥拯救了处于危难当中的巧姐儿，这也是不幸当中的万幸了。

　　凤姐个性鲜明，令读者对她又爱又恨，她和各种各样的人接触最为广泛，和贾府之外的人也有接触，因此，在《红楼梦》当中占的戏份也特别多，给大家留下了深刻的印象，她的形象也特别出彩，是古典小说中的典型人物之一。

竹篱茅舍自甘心

李纨是名宦之女,父亲曾为国子监祭酒,对于女孩子的教育理念是认得几个字就行了,记得前朝几个贤女罢了,最重要的却是纺绩,有了这样的家庭教育背景,李纨嫁到了贾府之后,"虽青春丧偶,且居处于膏粱锦绣之中,竟如槁木死灰一般,一概无见无闻,唯知侍亲养子,外则陪侍小姑等针黹诵读而已。"她衣着朴素,不擦脂抹粉,孝敬长辈,贞静守节。

元妃省亲之后,想到大观园那样的好景致,何不命几个能诗会赋的姊妹居住,也不使花柳无颜。宝玉自幼在姊妹丛中长大,也命他进园居住。贾府择了二月二十二的好日子,令他们一起搬了进来。宝玉住了怡红院,林黛玉住了潇湘馆,李纨住了稻香村,别的姊妹也是各居一处,大观园一下子热闹了起来,花招绣带,柳拂香风。稻香村有几百株杏花,如喷火蒸霞一般,篱外山坡之下,分畦列亩,佳蔬菜花,漫然无际。李纨的居住环境很好,日子过得也很平静。

大观园是青春的乐园,李纨生活在这样清新自然的环境中,渐渐恢复了青春的朝气。探春要起诗社,也积极响应号召,李纨进屋笑道:"雅的紧!要起诗社,我自荐我掌坛。"并说春天的时候,就有想起诗社的想法,考虑到自己不大会作诗,又忙活别的事情,也就忘了这事。探春提出来成立诗社,要大力支持,她为自己起了个号,自称"稻香老农",又替宝钗想到一个号就是"蘅芜君"。宝钗也说,拟定日期,风雨无阻。李纨来秋爽斋的路上看到贾芸送进来的白海棠,就提议今天诗社的活动就咏白海棠。宝玉道:"稻香老农虽不善作却善看,又最公道,你就评阅优劣,我们都服的。"大家都写出来,黛玉有诗句:"偷来梨蕊三分白,借得梅花一缕魂",宝钗的诗中有"珍重芳姿昼掩门"和"淡极始知花更艳"这样的好句。李纨评论说,若论风流别致,自是黛玉这首。若论含蓄浑厚,终让蘅稿。探春说这评得有理,潇湘妃子当居第二。李纨自荐为社长,负责出题限韵,并且定于每月初二、十六这两日开社,地点就定在稻香村。湘云做东开螃蟹宴作菊花诗的时候,虽各人都有警句,黛玉的二首诗写得却是最好,李纨评论说,题目新,诗也新,立意更新,首推潇湘妃子为魁了。李纨的诗词品鉴能力的确很强,值得赞赏,也就是说,作诗的能力和诗词品鉴能力是不一样的两种才能。

李纨的代表花是老梅,竹篱茅舍自甘心,是李纨生活的真实写照。寿怡红群芳开夜宴时,大家玩抽花签的游戏,李纨抽到的签上画着一枝老梅,写着"霜晓寒姿"四字,另一面有一句古诗:竹篱茅舍自甘心。李纨笑道:"真有趣,你们掷去罢。我只自吃一杯,不问你们的废与兴。"她的内心是认可老梅的意象,她也的确有梅花那种在寒冷中仍然开出花来的品质,她把主要的精力都投入教育子女的任务中去,使贾兰没有像贾府中大部分的少爷那样变成纨绔子弟,而是认真读书,懂得自重自爱。闲时,还练习射箭,这都是李纨的功劳。

李纨带领众姐妹们来到凤姐家,要诗社的活动经费,凤姐盘算了一通李纨的收入,凤姐道:"你一个月十两银子的月钱,比我们多两倍银子。老太太、太太还说你寡妇失业的,可怜,不够用,又有个小子,足的又添了十两,和老太太、太太平等。又给你园子地,各人取租子。年终分年例,你又是上上分儿。你娘儿们,主子奴才共总没十个人,吃的穿的仍旧是官中的。一年通共算起来，也有四五百银子。"这样的收入真是惊人啊，要知道公子小姐们的月钱也不过是二两，李纨的月钱却是和贾母、王夫人同等，可见是多么受照顾，这是很高的待遇。刘姥姥曾经说过二十两银子够庄户人家一年的费用，如此说来，李纨真是很受优待啊。

凤姐打趣说诗社的活动才能花费多少，你就怕花钱，调唆了大家来申请经费。这一席话，触到了李纨的痛处，她顿时恼怒了起来，不过，话还是笑着说的。李纨道："你们听听，我说了一句，她就疯了，说了两车的无赖泥腿市俗专会打细算盘分斤拨两的话出来。"接着，又说凤姐如果生在贫寒小户人家，不知怎么下作贫嘴恶舌呢，天下人都被她算计了去！昨天还打平儿，黄汤难道灌丧了狗肚子里去了？给平儿拾鞋也不要。从来没见过她说如此长篇大套的话，这是李纨急了，其实，凤姐说的话并没有错，她立刻对凤姐迎头痛击，语言之犀利，简直令人刮目相看。最后借着替平儿主持公道，转移话题，竟把个能言善辩的凤姐也败下阵来，李纨反扑成功。凤姐和李纨唇枪舌剑，她们两个所说的话，都是字字有理，句句属实。只是，李纨所答非所问，辩驳的并不是一回事，也就是说没有正面回答，而是抓住凤姐别的错误给予回击。此时，凤姐也正为打了平儿惭愧不已，后悔做错了事，只得当着大家的面，给平儿赔礼道歉。对此，脂砚斋在庚辰本夹批中这样说："心直口拙之人急了，恨不得将万句话来并成一句，说死那人，毕肖！"李纨对于钱财这样敏感，其实是没有安全感导致的。她还要照看贾兰，充足的钱财也能给予心灵足够的补偿，弥补生活方面的缺失，使这种不足好像也没有那么痛苦了。在赏桂花螃蟹宴时，李纨吃了酒，借着酒意说起了伤心的往事，落下泪来。只有在王夫人哭贾珠时，李纨也痛哭一场。

凤姐病倒了，暂时在家休养。王夫人请李纨代为管家，将家中琐碎之事，都暂令李纨协理。李纨是个尚德不尚才的，未免逞纵了下人。王夫人请出探春和宝钗来，三人共同理家。"众人先听见李纨独办，各各心中暗喜，以为李纨素日原是个厚道多恩无罚的，自然比凤姐儿好搪塞"，她们刚一上任，赵姨娘就来闹事，因为探春驳回了李纨的建议，探春按照旧例秉公办理，一定要照章行事，坚决不能多给赏银。在法理与人情方面，探春坚持以法理为重，李纨则顾及情面，这是她们两个处理问题的不同点。三人协商理家，兴利除宿弊，改革创新，出主意想办法，主要是探春和宝钗的功劳，李纨也很支持，只是跟随着。基层的群众，对于李纨的认识基本一致，贾琏的小厮兴儿，给尤二姐介绍贾府的情况时，兴儿拍手笑道："我们家这位寡妇奶奶，她的浑名叫作'大菩萨'，第一个善德人。我们家的规矩又大，寡妇奶奶们不管事，只宜清净守节。好在姑娘又多，只把姑娘们交给她，看书写字，学针线，学道理，这是她的责任。除此问事不知，说事不管。"这正如李纨抽花签时所说，不问他人的废与兴。李纨是不多管闲事的，遇到事情也是以息事宁人为原则。

在《红楼梦》曲当中，关于李纨的曲子是《晚韶华》，儿子贾兰功成名就，气昂昂头戴簪缨，光灿灿胸悬金印，威赫赫爵禄高登，李纨也被封为诰命夫人，戴朱冠，披凤袄。可怜的李纨青年守寡，辛辛苦苦地培养儿子成才，取得功名后，她自己却是油枯灯尽，真是令人悲叹。对于李纨守寡，从她的判词中可以看出，曹雪芹是持否定态度的，这凤冠霞帔的美人，是枉与他人作笑谈，这一切都是人生的虚幻而已。

有这样一位姨娘

赵姨娘是荣国府里二老爷贾政的妾，贾政对她很好，照理说她应该安安稳稳地过日子，可是，她却是一个特别爱折腾的女人，经常主动出击，去招惹是非。如果说起荣国府里最让众人讨厌的女人，赵姨娘应该是排在第一位了。

赵姨娘干过几件大事，一件是勾结马道婆害凤姐和宝玉，幸亏有一僧一道及时前来相救，才幸免于难。还有就是和唱戏的小姑娘打了起来，然而，最不应该的就是和自己的亲女儿探春发生争执。

赵姨娘教育孩子很成问题，总是给孩子灌输些负能量的东西。正月里，贾环和莺儿耍游戏输了，贾环不给钱还耍赖，反说莺儿输了，被莺儿数落了一通，说他不如宝玉好，贾环哭起来了，被宝玉劝说回了家。赵姨娘见贾环那样子，因问："又是那里垫了踹窝来了？"贾环说谎话，称被莺儿欺负了，还赖他的钱，后来又被宝玉哥哥撵回来了。赵姨娘啐道："谁叫你上高台盘去了？下流没脸的东西！那里顽不得？谁叫你跑了去讨没意思！"骂自己的儿子是下流没脸的东西，多么不堪入耳的话都能从赵姨娘的口中骂出来。这些话恰巧被从门前经过的凤姐听见了，凤姐叫出贾环来说道:"反叫这些人教的歪心邪意,狐媚子霸道的。自己不尊重,要往下流走,安着坏心,还只管怨人家偏心。"赵姨娘听了也不敢还嘴,心里却是恨之入骨。

凤姐年纪轻轻就当家做主,管理着荣国府的大小事务,这让赵姨娘心里很不痛快。而宝玉模样长得招人疼爱,众人都喜欢他,贾母更是视为命根子,掌上明珠一般地宠爱,那赵姨娘素日虽然也常怀嫉妒之心,不忿凤姐、宝玉两个,也不敢露出来。贾环素日原恨宝玉,虽不敢明言,却每每暗中算计,只是不得下手。这天,贾环刚好离着宝玉很近,他要出心中的这口毒气,故意地装作失手,用蜡灯里的滚油烫他,把宝玉的脸烫坏了。众人慌乱得不得了,赵姨娘和贾环招来了众人的一阵怒骂和数落。

马道婆来见赵姨娘,贼婆遇到蠢妇,两个人商量着要害凤姐和宝玉。马道婆图的是银子,即使是宝玉的寄名干娘,仍然要下毒手。赵姨娘为了贾环能够霸占家私,给马道婆写了个五百两的欠契,马道婆看看白花花的一堆银子,又有按了手印的欠契,便不顾青红皂白,实施魇魔法谋害凤姐和宝玉的性命。凤姐和宝玉中了邪气,被折腾得死去活来,直到不省人事,奄奄一息。贾府上下闹得天翻地覆,贾母、王夫人、平儿、袭人等更比诸人哭得忘餐废寝,觅死寻活。赵姨娘、贾环等心中欢喜称愿。然而,赵姨娘的阴谋诡计没有得逞,宝玉和凤姐被特地来到贾府的一僧一道拯救,通灵玉除邪成功,妖魔鬼怪被镇压了下去,宝玉有神灵护佑着,养过了三十三天之后,不但身体强壮,亦且连脸上疮痕平复。

贾环连日装病逃学,这一天,他拿着喷香的茉莉粉送给彩云,以博得她开心,他还以为这是蔷薇硝呢。原来贾环见到芳官手里拿的蔷薇硝喷香,就要见面分一半,芳官没舍得给他,另外拿来一包茉莉粉充数。彩云笑着告诉他这不是蔷薇硝,是人家哄你这乡老呢,贾环听了也不以为然。赵姨娘可是不依不饶,乘着抓住了理,骂她们一顿也算是报仇,见贾环低着头不去,又指着贾环骂道"呸!你这下流没刚性的"等恶毒之语,贾环被骂得又愧又急，又不敢去，只好说道："遭遭儿调唆了我闹去，闹出了事来，我捱了打骂，你一般也低了头。这会子又调唆我和毛丫头们去闹。你不怕三姐姐，你敢去，我就伏你。"赵姨娘听了简直气急了，叫喊起来，抓起茉莉粉便飞也似地往园中去。路上又遇到夏婆子给她打气，更加理直气壮了。

赵姨娘来到怡红院，和芳官发生了冲突，芳官骂了赵姨娘，赵姨娘打了芳官，跟着赵姨娘来的一干人，心中皆称愿。芳官的小伙伴们闻信迅速赶来参战，单打独斗变成了群殴事件，她们拥上来放声大哭，把个赵姨娘裹住，手撕头撞，乱成一团。有人向探春报告了消息，看到赵姨娘如此狼狈不堪，气得探春叹道，这么大年纪，行出来的事总不叫人敬伏。

探春一直很看不惯赵姨娘的所作所为，有一回，探春给宝玉哥哥做了一双鞋，赵姨娘气得抱怨得了不得："正经兄弟，鞋搭拉袜搭拉的没人看见，且作这些东西！"探春说难道我是做鞋的吗？难道说环儿是没有分例的？赵姨娘那里丫头、老婆子一屋子，还抱怨这些话，不过是那阴微鄙贱的见识。论理我不该说她，但她真是昏聩得不像话了！她们母女之间的正面冲突，是在"辱亲女愚妾争闲气"这一回中，探春照章办事，不徇私情，那赵姨娘原有些倒三不着两，自己的女儿临时受命理家，做母亲的不但不支持，反而第一个先跑来哭闹作践，她提出的无理要求遭到了探春的拒绝，又要求探春拉扯她。探春说道："哪一个好人用人拉扯的？"那赵姨娘真的不应该去羞辱探春，探春和她划清界限，她的女儿没有成为她那样的人，真是幸运。

其实，赵姨娘的生活也并不像她自己说的那样糟糕。比起尤二姐、香菱的悲惨遭遇，赵姨娘的待遇已经很不错了，从某个角度来说，也算是人生的赢家了，只是她不知自重总是要作，总是要去谋取更多的东西，与之反衬的是贾政的另一个妾周姨娘，从来都不惹是生非，过着平平静静的日子。

贾府里的人们有没有对她好的呢？有的，首先是贾政，贾政每从外地回来，总是到她的屋里安寝，说明对她还是很有感情，她对丈夫也很尊重。赵姨娘年轻的时候可能也是个美人，只是不知道那时候是不是很低调，不那么令人讨厌？再就是凤姐过生日众人集资，尤氏操办这件事的时候，给赵姨娘和周姨娘退款，尤氏道："你们可怜见的，哪里有这些闲钱？凤丫头便知道了，有我应着呢。"她两个对尤氏千恩万谢，收下了退款。还有就是彩云，所谓萝卜青菜各有所爱，彩云就偏偏喜欢三少爷贾环，这令赵姨娘感到欣慰，觉得多了一个帮手，她对彩云也很好，曾经说过一些安慰的话，也算是投缘了。

尤二姐的美丽与哀愁

尤二姐和尤三姐是一对美丽娇艳的姐妹花，是尤氏的继母当年嫁到尤家时带过来的。尤二姐温柔和顺，风流标致，天性善良，想法单纯，向往豪门生活，只是，天真的女人最好就不要那么漂亮。

贾敬在玄真观里修道，吃了自制的丹砂致死。消息传来，尤氏惊慌失措，因为贾珍等都在外地，一时赶不回来，凤姐身体有病，也不能帮助料理，无奈只得独艳理事。尤氏外出料理这些事，家里无人看管，就把继母和两个异父异母的妹妹接到宁府看家。贾珍等人得到消息后，连夜换马飞驰赶了回来。

贾琏也从外地回来了，见到美貌的尤二姐，不禁动了垂涎之意。借着替贾珍料理事务，常来宁府与尤二姐见面，乘机百般撩拨，眉目传情。一天，贾琏和贾蓉骑着马进城，在路上走着，贾琏夸赞尤二姐"举止大方，言语温柔，无一处不令人可敬可爱"，夸她为人又好，模样又标致，凤姐连个零都比不上。贾蓉见叔叔贾琏如此爱慕尤二姐，就与他作媒，又出了一些馊主意，献计献策，贾琏听得一篇话，也认为妥当。

贾琏来到宁府，将一个汉玉九龙佩解了，悄悄递给了二姐，作为定情之物。

贾蓉和父母说了此事，贾珍答应了，尤氏觉得此事不妥，极力劝阻，无奈贾珍不听，况且二姐又不是亲姐妹，不好深管。贾蓉又去向尤二姐的母亲提亲，又说凤姐有病，料定病也好不了，只等个一年半载，凤姐死了，就把尤二姐接回府中做正室，将来她老人家和三姐都有靠了。尤老娘听贾蓉说得天花乱坠，往日她家又全靠着贾珍帮衬着过日子，如今，见贾琏又是大家族的公子，不由得答应了这门亲事。尤二姐向往豪门生活，又和贾琏是你情我愿，情投意合，因此也就同意了。

贾琏自是喜出望外，在离荣府二里远近的小花枝巷内买了一处房子，有二十多间，忙着迎娶尤二姐。贾珍派人找到张华父子，逼着写了退婚书。原来尤二姐是有婚约的，许配给了皇粮庄头张家，是当年两家的长辈们定下的，指腹为婚。后来张家败落了，张华成日在外嫖赌，不理生业，家私花尽，尤二姐的母亲后悔了，不愿意把女儿嫁给他，定要另择良婿。

贾琏将迎娶的一切事项都安排妥当，又买了几个小丫头服侍，贾珍也派了人来照顾。这天，一乘素轿，将尤二姐抬来，两人拜过天地，进入洞房。夫妻二人在小花枝巷内一起生活，日子过得幸福美满。尤二姐的美貌令贾琏倾倒，贾琏越看越爱，越瞧越喜，竟将凤姐一笔勾销。尤二姐言和语顺，凡事都是贾琏做主，不似凤姐那样强势。贾琏每月给五两银子供这里的上下人等消费，又和尤二姐说凤姐之为人如何，只等着凤姐一死，就把尤二姐接回家去。贾琏把这些年来积攒的私房钱都搬了来，交给她保管。尤二姐的日子过得丰衣足食。这天，贾琏的心腹小厮兴儿过来了，向贾琏通报消息，请他回府，尤二姐便问些贾府中的事情，这兴儿演说荣国府，比冷子兴更加细致，特别告诉她，千万当心凤姐。兴儿说道："一辈子别见她才好。嘴甜心苦，两面三刀。上头一脸笑，脚下使绊子；明是一盆火，暗是一把刀。都占全了。"尤二姐听后不以为然，天真地认为只要以礼相待，就可以平安无事的。

安静的日子没过多久，谁知凤姐得到贾琏金屋藏娇的消息，气得快要发疯，很快就设下毒计，趁着贾琏去平安州办事不在家的机会，亲自带领着众人去小花枝巷，请尤二姐回府。凤姐花言巧语将尤二姐说服，向她示弱，让她以为自己是个贤良的人。尤二姐本来就很想要个正式的名分，方成个体统，又很想去豪门大户居住，见这么多人来接，就轻易地相信了凤姐的话，跟着来到了荣府。凤姐先将她安置到大观园李纨处居住，后来又接回自己的住处。凤姐自导自演了一出打官司的闹剧，出了许多银子，唆使张华去告贾琏于国孝家孝中强逼退婚、停妻再娶之罪，贾珍和贾蓉出面才摆平了此事。后来，凤姐又想到倘或让人知道是她在暗中指使，把柄会落在别人手中，就命令自己的心腹小厮去将张华父子除掉，派去的人不敢下手，因此，张华父子得以逃走。凤姐又去宁府大闹，将尤氏和贾蓉欺辱了一番，还顺便赚了几百两银子。

　　贾琏从外地回家来了，因办事得力，贾赦把房中一个十七岁的丫环秋桐赏给他为妾，贾琏很得意。凤姐心中愤恨，真是一刺未除，又添一刺。凤姐从精神层面到生活待遇，百般虐待尤二姐，还在众人面前装好人，表面上和颜悦色，暗中使坏，换掉原来服侍的丫头，渐渐地又给她吃些残羹冷饭，指使家里的仆人谩骂侮辱尤二姐。贾琏和秋桐如胶似漆，对尤二姐也渐渐地淡了。凤姐又想出一计，用"借剑杀人"之法，自己且"坐山观虎斗"，等除掉了尤二姐，再将秋桐除掉。于是，凤姐又来挑拨秋桐，秋桐整天趾高气扬，不把众人放在眼里，不仅骂尤二姐，还在贾母面前诬告，贾母信以为真，也不喜欢尤二姐了。众人见状，只是跟风，任意践踏起来。性格软弱的尤二姐既不敢和贾琏诉苦，也不在众人面前诉说，只自己默默忍受，郁闷之中生了病。后来，又被胡庸医害得将腹中的胎儿打了下来，凤姐又挑拨秋桐，秋桐本来就吃尤二姐的醋，就来到她的窗下大骂。她遭到这些打击，经受不了这般折磨，原来所有的希望都变成了梦幻泡影，可怜的尤二姐，心灰意冷，吞金自杀了。

　　尤二姐的豪门梦想破灭了，借着这个故事，告诫那些一心想要嫁入豪门的女人，即使这样的梦想实现了又如何呢？那个时代的婚姻制度，男子妻妾成群，朝三暮四，妻妾们争宠夺爱，相互不容，哪有安静的日子过啊。

　　凤姐在这出大戏中，忽而歇斯底里大闹，忽而柔声细语地卖好，人前得一个贤良的名声，人后又使毒计害人，表演到了极点，也疯狂到了极点，竟然声称就是告贾府谋反也没事，把打官司视为儿戏。笑里藏刀，一个计谋接着一个计谋，把尤二姐逼上了绝路。虽然凤姐在贾琏偷娶尤二姐的事件中取得了全面的胜利，然而，也埋下了不幸的种子，贾琏对她恨之入骨，婆婆邢夫人也对她不满，伺机而动想要整治她。贾琏对她的态度是一从二令三人木，一纸休书，将她休掉，其实，凤姐最终也不是真正的胜利者。

烈性女子尤三姐

尤三姐花容月貌，性情刚烈，偏又打扮得出色，神情韵致又十分迷人，绰约风流。贾珍贪恋尤三姐的美色，常来招惹，想要占为己有，尽管贾珍是贾府的族长，有钱有势力，无奈尤三姐心中早已有人，根本看不上这些淫魔之流。

因贾敬在道观吃丹药去世，当时，宁国府中的男子都在外地，尤氏只得外出独自料理这件事，就把继母和两个异父异母的妹妹接来看家。贾珍他们回家后，一边料理家事，一边还不忘吃喝玩乐。贾珍、贾琏等时常来找她们姐妹俩说笑，尤三姐要不就是脸上淡淡的，要不就是把尤老娘请出来，使他们不敢过于放肆。贾蓉见贾琏和尤二姐眉目传情，就开他们的玩笑，尤三姐骂道："坏透了的小猴儿崽子！没了你娘的说了，等我撕他那嘴！"

这天夜晚，贾珍来到了小花枝巷去吃酒，贾琏也回来了，他在这里安了家，偷娶了尤二姐为二房，两人新婚不久，正过着甜蜜舒心的日子。尤二姐和贾琏说自己的终身有靠了，可是妹妹怎么办？贾琏表示不如他去说破了，看这事如何办。说着来到了尤三姐的住房，只见灯火通明，两人正在吃酒。贾珍一见到贾琏，羞得不知如何是好，贾琏急忙向贾珍请安，并拉尤三姐说："你过来,陪小叔子一杯。"其实,贾琏的意思是想让尤三姐给贾珍当小妾。没想到这一句话把尤三姐惹火了,她再也不想忍耐下去了,一腔的怒火发泄出来,她说道:"你们哥儿俩拿着我们姐儿两个权当粉头来取乐儿,你们就打错了算盘了。"把贾珍和贾琏二人痛骂了一顿,出了心中的这口恶气,然后,又把他们撵了出去,自己关上门休息了。

对于尤三姐的评价,历来分为截然不同的两种,一种是赞扬她人品高洁,冰清玉洁,是反抗封建压迫的贞节烈女;另一种说她是淫奔女子,后来又悔改了。为什么会出现这样的情况呢?主要是因为不同的版本造成的。程伟元和高鄂出版的一百二十回通行本,将脂评本中关于尤三姐的部分内容作出了改动,将尤三姐塑造成为一位光明磊落、浩然正气的女子。尤三姐早在五年前心中就有所属了,因此通行本的修改是合理的、是成功的,尤三姐的形象更加光彩照人,赢得了人们的喜爱。无论是哪一个版本,有一点是相同的:尤三姐反抗纨绔子弟,不甘心被凌辱被损害,面对企图作践她的人,毫不留情地迎头痛骂。其实,对尤三姐认识的偏差,主要来源于"淫奔"一词,那就要先搞清楚"淫奔"的含义以及古今词义的变化。古代社会的婚姻遵从父母之命,媒妁之言,不得私定终身,凡是违反这一原则,双方是自由恋爱的,自己做主的,就称为"淫奔"。尤三姐的思想过于进步,她要求婚姻自主,因此不符合当时的社会规范,再一个就是当时的礼教提倡男女授受不亲的思想,未婚的女子和男子吃酒嬉笑怒骂等行为都不符合妇德。

在脂评本当中,庚辰本是这样描述的,贾珍对尤三姐是:"垂涎落魄,欲近不能,欲远不舍,迷离颠倒"。她却以此为乐,想要作践她的人,反被她作弄。二姐觉得这样不好,就来劝她,她却说:"姐姐糊涂。咱们金玉一般的人,白叫这两个现世宝玷污了去,也算无能。"尤三姐无情地戏弄他们,只见"那尤三姐天天挑拣穿吃,打了银的,又要金的;有了珠子,又要宝石;吃的肥鹅,又宰肥鸭。或不趁心,连桌一推;衣裳不如意,不论绫缎新整,便用剪刀剪碎,撕一条,骂一句。究竟贾珍等何曾随意了一日,反花了许多昧心钱"。所以说,尤三姐是清白的，只是贾珍并不甘心，还心存幻想。贾琏也曾劝过贾珍："是块肥羊肉，只是烫的慌；玫瑰花儿可爱，刺大扎手。咱们未必降的住，正经拣个人聘了罢。"

贾琏和尤二姐把尤三姐、尤老娘都请来了，商议婚姻大事。尤三姐不容别人替她做主，就算是找一个富比石崇，才过子建，貌比潘安的，自己看不上，也算是白活了一世。原来尤三姐心中早已有了人选，贾琏立刻猜测一定是看上了宝玉，尤三姐回话，除了你家，这世上再没有好男子了？原来尤三姐喜欢的是柳湘莲，五年前看戏时，因柳湘莲去串戏，尤三姐对他是一见钟情，心中早已暗恋，对方却不知。贾琏听后感叹，这柳湘莲是个冷面冷心的人，对人都无情无义，况且又是萍踪浪迹，居无定所，到哪里去找他呢？谁知尤三姐对他的感情特别坚定，非他不嫁，将一根玉簪击作两段，表达决心，十年不来等十年，若是永远不来，她就去当姑子去，吃长斋念佛。

贾琏外出去平安州办事，路遇薛蟠和柳湘莲，大家去了酒店叙谈。原来薛蟠在路上遇到了强盗抢夺他们的货物，幸亏柳湘莲不计前嫌出手相救，救了薛蟠的性命，两人成了过命的结拜兄弟，薛蟠要为柳湘莲购买房子，再帮助他成家。贾琏听得柳湘莲要寻一位绝色的美人，就把尤三姐说给他，品貌是古今有一无二的了。柳湘莲听后大喜，留下鸳鸯剑为定情信物，一把剑鞘里有雄雌两支剑。贾琏从平安州回来之后，将剑交给了尤三姐，幸福来得太突然了，尤三姐喜出望外，把鸳鸯剑挂在自己绣房床上，盼望着早些成婚。

柳湘莲进京，来到贾府，后悔亲事定得太草率了，疑惑难道女家反赶着男家不成？又听得宝玉说是珍大嫂子的继母带来的二位小姨。柳湘莲一听，立刻就要退婚，因为东府的名声不好。柳湘莲来找贾琏，谎称自己家里姑母已经给他定好了亲，要索回鸳鸯剑。贾琏和他争辩，不容他退婚，柳湘莲要求出去说话，正在这时，尤三姐拿着剑走出来了，强烈的自尊心岂容别人伤害，她泪如雨下，绝望地说道："你们不必出去再议，还你的定礼。"左手把剑递给柳湘莲，右手将鸳鸯剑的雌锋向项上一横，正是："揉碎桃花红满地，玉山倾倒再难扶。"柳湘莲懊悔地哭泣道："我并不知是这等刚烈贤妻,可敬,可敬。"柳湘莲受到的打击太大了,没有想到尤三姐这样标致,又这么刚烈,这么一个绝色的美人,为情而自杀,都是他害死了尤三姐,真是自悔不及。梦中又有尤三姐来向他告别,明示了早在五年前就已芳心暗许,梦醒时分,柳湘莲万念俱灰,随着一个道士不知走向哪里去了。

红楼二尤的故事,跌宕起伏,特别富有戏剧性,又特别完整,是一个独立的篇章,让人想到曹雪芹从前有一本名为《风月宝鉴》的书,仿佛是从那里整体移过来的。尤二姐和尤三姐这样一对娇艳的姐妹花,性格完全不同,一个静一个动。一个性格内向,柔情似水;一个性格外向,暴烈如火。特别是尤三姐怒骂痛斥贾珍和贾琏这一大段文本,特别精彩,真是痛快淋漓。

尤三姐为了维护自己的尊严,以死明志,洗刷了自己的冤屈,证明了自己的清白,容不得别人误解她而嫌弃她,她是值得赞美的女性。

大胆泼辣勇司棋

司棋是迎春的丫头，性格泼辣，做事雷厉风行，敢作敢为，和迎春的懦弱性格形成鲜明的对比。大闹小厨房事件，最能体现司棋泼辣的性格。

柳家的正在厨房忙着调停分派各房的饭菜，忽见迎春房里小丫头莲花儿来了，说是司棋姐姐要一碗嫩嫩的炖鸡蛋，柳家的不给她做，说是今年的鸡蛋特别难买，叫她改日再吃。莲花儿说，前天来跟你要豆腐，你弄了些馊的，惹得司棋姐姐很生气。莲花儿不相信没鸡蛋，也不是什么贵重东西，"别叫我翻出来"，她果真就找到了鸡蛋。柳家的说，你们整天细米白饭，肥鸡大鸭子，吃腻了又来换口味。又说道："只是我又不是答应你们的，一处要一样，就是十来样。我倒别伺候头层主子，只预备你们二层主子了。"莲花儿赌气回去了，添油加醋地说了一篇话，告诉了司棋。司棋听后火冒三丈，等迎春吃过饭后，带领着小丫头们气势汹汹地来到了厨房，厨娘们正在吃饭，见势头不对，都忙起身赔笑让座。司棋喝命道："凡箱柜所有的菜蔬，只管丢出来喂狗，大家赚不成。"一声令下，小丫头们立刻开始打砸，一顿乱翻乱掷乱摔的。闹得鸡飞狗跳，众人急忙又拉又劝，鸡蛋难买是真，柳嫂子不敢得罪姑娘，她已经悟过来了，早已经蒸上鸡蛋了。司棋连说带骂，大吵大闹，众人好言相劝，总算是劝回去了。一会儿，柳嫂子派人送去一碗蒸蛋。司棋全都泼在地下，那人回来也不敢如实汇报，担心又会惹出事情来。

打砸小厨房事件，司棋真是火爆，她说了一句"大家赚不成"，她吃不到的，别人也别想吃到，她心情不好，别人也都别想好过。由于攀比而产生心理不平衡，这种心理在现实生活中很常见，也就是说，不允许身边的同一阶层的人过得比她好，见不得别人比自己强。司棋和莲花儿，是跟怡红院的晴雯攀比，因为莲花儿看见柳家的给晴雯单独做了菜，于是，她们也想开小灶，倒换口味。柳家的之所以奉承晴雯和芳官，是想让她们在宝玉面前为柳五儿美言几句，想让自己女儿进怡红院工作。柳家的也有个道理，偶然姑娘姐儿们要添一样半样的菜，谁不是另拿了钱来，另买另添。反倒是司棋这些二层主子们难伺候，单点菜还不给钱，倘或都这样来厨房叨登东西，自己得添多少钱才够赔补的。

司棋如此狂躁，胆量这样大，这可能和迎春的性格有关系，迎春是个"二木头"，针扎了都不知"哎哟"一声，她们这一处，简直没有什么礼法规矩可言，迎春的奶妈，都敢偷拿她的累丝金凤去赌钱。小姐是如此懦弱，司棋和绣橘就要厉害一些，否则，会被婆子们欺负。但是，凡事都有个边界，不可过了头，厉害的名声传扬了出去，后来被撵出荣国府的时候，就连和园中的姐妹们告别都不被婆子们允许。

那么，司棋为什么被赶出了大观园？原来司棋和她的姑表兄弟潘又安在园中私会，被鸳鸯撞到，潘又安没有责任感，做事出格且没有担当，惹出事来，丢下她就逃跑了，司棋又愧又急，终于支持不住病倒了。鸳鸯是她的好姐妹，知道她的心事，来看望她，并且发誓替她保密。这件事总算是遮过去了。

傻大姐在山石上拾到一个绣春囊，引起王夫人的震怒，绣春囊导致抄检大观园事件，晴雯、芳官、四儿、司棋、入画都被逐出大观园，理想的青春家园也开始萧条了。在抄检中，从司棋的住处查出违禁物品和书信，司棋和潘又安的恋情彻底暴露了。这时，她反而异常镇定。司棋勇于自由恋爱，有超前的女性意识，只是超越了时代，被当时的社会规范所不容。

到底是谁遗失了绣春囊？这是《红楼梦》中的一个疑案，仿佛司棋的嫌疑最大，但是，嫌疑最大也不一定就是她的，毕竟没有当面对质，怎么能肯定就是她的呢？这件事，随着撵走了一批人之后，也就没有再提起，大观园里来来往往的人多，说不定是谁丢下的，也许有人对王夫人和凤姐当家主事不满，设计谋陷害也说不定。因为没有文本的证据，也只能是猜测罢了。

优越感爆棚的秋纹

秋纹是宝玉的丫环,在怡红院当中,袭人的地位最高,工资待遇也最高,晴雯、麝月也是最接近宝玉的,接下来就要算是秋纹和碧痕,她们在怡红院属于中等的地位,因此,有很强的防范意识。

一次,小红听到宝玉在屋里叫人倒茶,正巧没人答应,小红进屋给倒了茶,又和宝玉说了一会儿话。这时,秋纹、碧痕提着一桶水走来了,一边走一边嘻嘻哈哈地说笑着,小红连忙迎出来接水,二人见是小红,就进屋里瞧了瞧,只有宝玉一人,她二人便心中大不自在。待宝玉洗澡时,她们来到小红的住处,面对质疑,小红的解释很合理,没想到秋纹和碧痕开骂了,秋纹兜脸啐了一口,骂道:"没脸的下流东西!正经叫你去催水去,你说有事故,倒叫我们去,你可等着做这个巧宗儿。一里一里的,这不上来了。难道我们倒跟不上你了?你也拿镜子照照,配递茶递水不配!"又说道:"这么说,不如我们散了,单让她在这屋里呢。"同样都是怡红院里的丫环,秋纹和碧痕不能容忍地位比自己低的三等丫环接近宝玉,她们要坚决地打压下去,不让别人超越自己的地位。秋纹的话真是让小红心灰意冷,太扎心了。

荣国府过元宵节,节日的夜晚,特别热闹,大家正在看戏,宝玉走了出来,来至花厅后廊上，宝玉要水洗手，两个小丫头端着盆，拿着手巾等着，秋纹先试了一下水，说道："你越大越粗心了，哪里弄的这冷水。"小丫头忙说原来倒的是热水，因为天气太冷，水也冷得快。正在这时，只见一个老婆子提着一壶滚水走来，小丫头和她要水，她不肯给倒，让小丫头自己提水去，秋纹道："凭你是谁的，你不给？我管把老太太茶吊子倒了洗手。"那婆子回头一看是秋纹，急忙给倒了，秋纹道："够了。你这么大年纪也没个见识，谁不知是老太太的水！要不着的人就敢要了。"秋纹心高气傲无所畏惧，底气究竟从何而来？其实就是仗着宝玉的势，狐假虎威，秋纹要水是为了宝玉洗手。可是，对婆子说的话也有些霸道。说话的口气应当温和一些，礼貌一些才好。

秋纹对待地位比自己低的婆子和小丫头是如此的无礼，那么，在主子面前又是什么样的心态呢？园里的桂花开了，宝玉折了几枝桂花，亲自去给贾母和王夫人送去，秋纹在后面拿着花瓶和鲜花一同去了，贾母高兴得不得了，夸赞宝玉孝顺，又奖励了秋纹几百钱。到了王夫人那里，王夫人一见了桂花，高兴地和凤姐一同赏花，凤姐把宝玉大大地夸赞了一番，王夫人高兴之余，把自己的好衣裳赏给了秋纹两件，令秋纹特别高兴。难得这个脸面，这样的好彩头，她有些洋洋得意，尽管晴雯笑着讽刺她是没见世面的小蹄子，她却表示："哪怕给这屋里的狗剩下的，我只领太太的恩典。"

像秋纹这样的人很常见，对待上级是那么卑躬屈膝，明媚的笑脸笑得很灿烂。对待下级是尖酸刻薄，冷眼相待。这也是他们的生存方式，虽然算不上有多坏，可也使人不喜欢他们这样的为人。

开到荼縻花事了

袭人、晴雯、麝月、秋纹是宝玉身边的四位大丫环,麝月为人憨厚,也不大引人注目,默默地干着自己的工作,既不如袭人那般细致周到,也不似晴雯那样漂亮伶俐,她的特点是在与婆子们的辩论中不急不躁,总能在混乱中将对方的嚣张气焰打压下去。

在怡红院,有两个口才特别好的,一个是小红,另一个就是麝月。麝月出场次数不多,在平息丫环和婆子的矛盾冲突当中,表现出特别的好口才。小丫头坠儿偷了平儿的虾须镯,被晴雯知道了,袭人回娘家探亲去了,晴雯决定将坠儿撵出去。宋妈把坠儿妈叫进来领人,坠儿妈心里不忿,冷笑着说话,抓住晴雯叫宝玉的名字这一点说事,晴雯急红了脸,就说:"你去老太太那里告去吧,把我也撵出去。"见晴雯急了,麝月忙出来解释,说是老太太吩咐让叫名字的,又说嫂子在三门外头混,不知道里头的规矩,这里不是你久待的,接着,便叫小丫头子:"拿了擦地的布来擦地!"洋洋洒洒的一篇话,将坠儿妈说得无言可对。

戏班子解散了,芳官和她的干娘何婆子都分配在了怡红院。这天,芳官要洗头发,何婆子先让自己的女儿洗了头发,剩下的水让芳官洗,芳官当众

揭露了何婆子拿了她的月钱，还克扣刻薄她。何婆子恼羞成怒，便骂了一些特别难听的话，骂芳官是不识抬举的东西，又说学唱戏的没有好人，咬群的骡子似的。芳官本来就很伶俐，岂容她干娘作践，两人吵了起来。何婆子又上来把芳官打哭了，晴雯过来痛骂了何婆子几句，何婆子便说："一日叫娘，终身是母。她排场我，我就打得！"袭人不会和人吵架，晴雯虽然厉害，可也压不住阵，所以，袭人叫麝月去震吓那婆子两句。麝月先说既分了房，干娘就没有权利打人，又说老太太这几天出门去了不得闲，等过两日，我们就痛痛快快地去老太太那里报告，把大家的威风都煞一煞，接着又说了第三条，"她不要你这干娘，怕粪草埋了她不成？"麝月一番话，将那何婆子震吓住了，立刻变得一言不发了。如果不让芳官认她为干娘，便有许多失利之处，这是何婆子最为在意的。

过了些日子，任性的何婆子又在柳叶渚边嗔莺咤燕，打自己的女儿春燕，惹得莺儿生了气，春燕哭着跑回怡红院，那婆子也不听人劝，还在后面追打。麝月见她不把众人放在眼里，为了让她心服口服，直接让小丫头去请平儿来管这事。众婆子急忙给何婆子说明这里面的利害关系，因她过去只在梨香院做事，不懂得这里的规矩，还不知道平儿是谁。果然，平儿回话，将何婆子打四十板子再撵出去。何婆子这才彻底醒悟了，她平时很嫉妒袭人、晴雯等人，心中又畏又让又气又恨。此时，她泪流满面地央告众人，诉说生活艰难，没了工作，就没有生活来源，请求大家行好积德，不要把她赶出去。说得袭人心软了，宝玉见如此可怜，只得留下，吩咐春燕和她娘去给莺儿道歉。

有一天晚上，袭人有些不舒服，宝玉端着药让袭人喝了，自己去贾母那边吃了饭，因惦记着袭人，就回来看她。晴雯、秋纹等都出去玩了，只有麝月一人在屋里，袭人朦朦胧胧地睡着。宝玉问麝月怎么不出去玩，麝月回答，满屋里上头是灯，地下是火，老妈妈们和小丫头们也累了一天了，也应该让她们去休闲一会。麝月为人处世，这样细心周到，认真负责，特别像袭人。宝玉在灯下替麝月梳头发。己卯本在这里有一段脂砚斋的批语道："袭人出嫁之后，宝玉、宝钗身边还有一人，虽不及袭人周到，亦可免微嫌小弊等患，方不负宝钗之为人也。"说的是八十回后发生的故事，只可惜文本已失传，也就是说，诸芳流散，怡红院最后只剩下麝月一人伏侍宝玉。这也对应了寿怡红群芳开夜宴时麝月抽花签的事。麝月抽到的花签面上一枝荼蘼花，题着"韶华胜极"四字，那面有一句古诗："开到荼蘼花事了"是送春之意。宝玉看后愁眉不展，忙将签藏起来。韶华胜极之后，荼蘼花送春。麝月见证了贾府的兴盛与衰败，因此，麝月也是一位重要的人物，后面必定还有许多的故事。

那些一闪而过的女孩

在《红楼梦》中，有些女孩子虽然出场次数不多，却能给人留下深刻的印象。

村庄里二丫头的故事，是大事件当中的小插曲，是闲花野景的情趣。虽然只是村庄偶遇，却令人眼前一亮，想必她是个俊俏的丫头，不然秦钟也不会说她有趣。宝玉等一行人，来到了一个村庄，宝玉带着小厮们四处游玩，看见纺车，就拧来转去地玩耍，忽然跑进来一个约十七八岁的丫头，大声乱嚷："别动坏了"，宝玉急忙停住，告诉她因为没有见过纺车，觉得新鲜好玩。那丫头让众人散开一些，说道："我纺与你瞧"，便纺起线来，外面有人叫她，"二丫头，快过来。"她跑了出去。宝玉等众人要离开村庄，看见二丫头怀里抱着她的小兄弟，和女孩子们在路边说说笑笑。宝玉有些恋恋不舍，只得以目相送，怎奈车轻马快，只一会儿的工夫，就连村庄也看不见了。不禁让人感叹，也许有的人就是只有一面之缘，转眼之间就各奔东西。就像湖面上投了一块小石头，一会儿就没有了痕迹。

小鹊来给宝玉报信，引起了怡红院的波澜。小鹊是赵姨娘的小丫头，听到赵姨娘和贾政如此这般地说了许多话，关系到宝玉读书之事，小鹊担心宝玉会被查功课，赶紧跑了来报信，让他提防着点。又怕院门关了，茶也顾不得吃，急急忙忙地走了。宝玉听到此消息之后，急忙起床披衣夜读，刚温习了这篇，又怕政老爷考那篇，真是急躁又苦恼，怡红院的众人都不得休息了，在旁剪烛斟茶。这时，金星玻璃跑进来，说好像看到了一个人从墙上跳下来了，晴雯急中生智，出主意就说宝玉惊吓着了，借此机会好逃避检查功课。众人吵嚷起来，园内灯笼火把，直闹了一夜。事情闹大了，贾母也知道了，下了命令盘查值夜班的人，果然查出了聚众赌博的人员，还牵扯迎春的奶娘。贾母铁面无私，探春等上前说情都不管用，毫不留情地惩罚。小鹊来报信是出于对宝玉的关心，后来的事情却是想不到的。

　　佳惠是怡红院的小丫头，她和红玉的一段对话令人难忘。佳惠从黛玉那里来，得了赏钱，请红玉帮她收起来。因见红玉近来懒吃懒喝的，就觉得应该请大夫瞧瞧，见红玉不去，就想了个法子：黛玉总是熬药吃药，不如去和她要点药吃。真是个天真无邪的女孩子，还不懂得对症下药的道理。其实红玉是有心事，只是难对人言。佳惠觉得红玉一定是为奖金分配不公这件事气愤，贾母因见宝玉身体恢复了健康，心情十分愉悦，给那些尽心尽力地照顾宝玉的有功人员发奖金，大家都很辛苦，因此，论功行赏。佳惠的年龄小，争不上去，也不抱怨，可是，就连红玉也没有得到奖金，就替红玉打抱不平。佳惠说道："袭人那怕她得十个分儿，也不恼她，原该的。说良心话，谁还敢比她呢？别说她素日殷勤小心，便是不殷勤小心，也拼不得。"让佳惠感到不平的是晴雯、绮霰她们几个也得到了上等的奖金，众人倒捧着她们，真是可气。红玉说道："也不犯着气她们。俗语说的'千里搭长棚，没有个不散的筵席'，谁守谁一辈子呢？不过三年五载，各人干各人的去了，那时谁还管谁呢？"小佳惠听了这话很伤感，想哭又止住了泪，勉强笑着说，听到宝玉他们畅谈如何装饰房子，如何做衣裳，好像大家永远都会在一起似的。

　　红玉真是难得的清醒，最有远见卓识，能够清醒地认识到问题的实质，并且能够早早地为自己将来的生活做出打算。红玉一腔委屈怨愤，是因为在

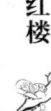

怡红院不得志,想见贾芸又不得见,想要放下心里却又放不下,因而郁郁寡欢。佳惠懂得体贴别人,虽然有些幼稚,却也很可亲,听到大家将来都会各自散去,不舍之情油然而生。

在宝玉大醉绛芸轩这一回当中,茜雪本来并没有大错,却被撵出了贾府。宝玉吃醉了酒,回到绛芸轩之后,茜雪捧上茶,宝玉喝着茶,忽然想起来早上沏了一碗枫露茶,留的茶怎么换成了这个?茜雪道:"我原是留着的,那会子李奶奶来了,她要尝尝,就给她吃了。"宝玉将手中的茶杯往地下一掷,打了个粉碎,溅了茜雪一裙子的茶水。宝玉跳起来声称要将李嬷嬷撵走,贾母那边听到声音,派人来询问,袭人承担了起来,说是自己不小心打碎了茶杯。本来袭人已经把这件事压了下来,谁知后来茜雪却因枫露茶事件被撵出去了。

李嬷嬷连累了茜雪,这里面的内情究竟是怎么回事?原是要撵李嬷嬷,怎么责罚的却是茜雪,《红楼梦》前八十回当中再也没有提起过,这一节且按下不表,其实是伏脉千里。畸笏叟在庚辰本眉批中说道:"茜雪至'狱神庙'方呈正文。袭人正文标目曰'花袭人有始有终',余只见有一次誊清时,与'狱神庙慰宝玉'等五六稿,被借阅者迷失,叹叹!"只可惜,八十回后的文稿已经失传了。

在宝玉落难时,一同救助宝玉的还有红玉和贾芸。茜雪和红玉这两位当年在宝玉这里最不得志的女孩,将来却是救助他的人。人生中有许多始料不及的事情发生,值得欣慰的是有茜雪和红玉这样的好女孩,真是患难之时见真情,展现出人性当中的真善美。

《红楼梦》中的那些事

潇湘妃子与芙蓉花

袭人更是一个刚强的女子

既然袭人没有告密,为什么却总是被冤枉

玫瑰露与茯苓霜事件

周瑞家的送宫花

这一年的端午节

滴翠亭宝钗扑蝶遇小红

花袭人与李嬷嬷

潇湘妃子与芙蓉花

红楼中的每一个女孩都是一朵花,那么,黛玉是哪一朵花呢?在第六十三回寿怡红群芳开夜宴时,黛玉掣花签,她伸手取了一根,只见上面画着一枝芙蓉,题着'风露清愁'四字,那面一句旧诗,道是:"莫怨东风当自嗟。"诗句出自宋代欧阳修的《和王介甫明妃曲二首》,诗中道:"明妃去时泪,洒向枝上花。狂风日暮起,飘泊落谁家。红颜胜人多薄命,莫怨东风当自嗟。"黛玉秉绝代姿容,具希世俊美,却如出塞的昭君一样红颜薄命。

芙蓉花分木芙蓉和水芙蓉(荷花),在《红楼梦》中提到的芙蓉花到底是哪一种呢?黛玉的代表花是木芙蓉还是水芙蓉?

要回答这个问题,不能凭空想象,还是要尊重文本。下面我们就回到文本当中来看。

1.在《红楼梦》第七回当中,宝钗向周瑞家的详细介绍了冷香丸的制作方法,她说道:"要春天开的白牡丹花蕊十二两,夏天开的白荷花蕊十二两,秋天开的白芙蓉花蕊十二两,冬天开的白梅花蕊十二两。"由此可见,这里把荷花和芙蓉花分得特别清楚,一种是夏天的代表花,另一种是秋天的代表花。

2. 还有一回,袭人去看望凤姐,她"至沁芳桥上立住,往四下里观看那园中景致。时值秋令,秋蝉鸣于树,草虫鸣于野;见这石榴花也开败了,荷叶也将残上来了,倒是芙蓉近着河边,都发了红铺铺的咕嘟子,衬着碧绿的叶儿,倒令人可爱。"很明显,这里的芙蓉指的是木芙蓉,这个时候的季节是秋天,荷花已经开过了。正是木芙蓉开放的时候。

3. 怡红院的晴雯被赶出了贾府,悲惨地死了,宝玉伤心至极,他向跟在身边的两个小丫头打听当时的情景,其中有一个小丫头如实地汇报了,宝玉听了之后有些失落。另一个小丫头特别伶俐,知道宝玉此时此刻的心情,就投其所好,诌了一篇故事出来,说是晴雯作花神去了。宝玉信以为真,又问晴雯是作总花神去了,还是单管哪样的花神?那个小丫头一时诌不出来。恰好这是八月时节,园中池上芙蓉正开。这丫头便见景生情,告诉宝玉晴雯是专管芙蓉花的。宝玉听了转悲为喜,感叹司掌芙蓉花正是晴雯可作的一番事业。

宝玉被贾政叫去作诗试才,此回贾政略微满意。宝玉回至园中,猛然见池上芙蓉,想起小丫环说晴雯作了芙蓉之神,不觉又喜欢起来,乃看着芙蓉嗟叹了一会。然后又命人在芙蓉花前布置了一个小小的祭台,宝玉把对晴雯的追思之情、怜惜之情,都倾注在了《芙蓉女儿诔》中,文中说此时是"蓉桂竞芳之月,无可奈何之日。"又称"白帝宫中抚司秋艳芙蓉女儿"。中秋节刚过,荷花早已开过,只有木芙蓉才能与桂花竞相开放,更何况诔文中已点明是秋艳芙蓉,况且又将那诔文挂于芙蓉枝上,特别是下面的情节更能说明是木芙蓉:黛玉满面含笑从花影中走出来,把宝玉和小丫环吓了一跳。如果这里的芙蓉是荷花,黛玉又如何从芙蓉花中走出来?

晴有林风,晴为黛影。宝玉的《芙蓉女儿诔》看似在诔晴雯,实则是在诔黛玉,宝玉和黛玉修改诔文,宝玉将其中的句子改写为"茜纱窗下,我本无缘。黄土垄中,卿何薄命。"黛玉听了,怵然变色,心中虽有无限的狐疑乱拟,外面却不肯露出。脂砚斋在庚辰本的批语中道:"一篇诔文总因此二句而有,

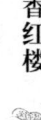

雨薇的书香红楼

又当知虽诔晴雯而又实诔黛玉也。奇幻至此！若云必因晴雯诔,则呆之至矣。"其实这些都是谶语,是在隐喻黛玉的结局。

芙蓉花适合在水边种植,临水为佳。开放时波光花影,分外美丽。《红楼梦》开篇的神话当中一僧一道在对话当中就说:"西方灵河岸上三生石畔有绛珠草一株,神瑛侍者日以甘露灌溉。"而宝黛初会时,两人都觉得似曾相识,宝玉眼中的黛玉是:"闲静时如娇花照水,行动处似弱柳扶风。"黛玉居住的潇湘馆院内有一条小小的河水,仅尺许宽,绕阶盘旋竹下而出,所以,无论是在神话世界还是在人间仙境的大观园中,这位神仙妹妹都是临水而居。

在《红楼梦》第三十八回,金秋时节,湘云作东邀请大家吃螃蟹宴,河边桂花开得正好,藕香榭柱子上的对联有"芙蓉影破归兰桨,菱藕香深写竹桥"。如果说对联上的芙蓉指的是荷花,也是符合夏天时的情景。但是,在《红楼梦》前八十回当中,荷花与芙蓉花一直分得很清楚。因此,这里的芙蓉指的还是木芙蓉,因为木芙蓉临水而植,花的倒影也是在水中,从而形成芙蓉影。

在隋唐以前,芙蓉花是指荷花的。后来逐渐演变成为在水为水芙蓉,在岸为木芙蓉。芙蓉花不仅仅包含这两种花,在唐代还指辛夷花,唐代的诗人王维在《辛夷坞》这首诗中就有这样的描述,诗道:"木末芙蓉花,山中发红萼。涧户寂无人,纷纷开且落。"因辛夷花盛开时形似莲花,也称为芙蓉花。到了明清时期,芙蓉花就特指木芙蓉了。

在《红楼梦》中,有很多地方提到荷花。湘云和翠缕在园中游玩,翠缕道:"这荷花怎么还不开？"湘云回答还没到时候。还有就是在第七十八回中迎春将要出嫁,搬出了紫菱洲,宝玉感叹眼前的寥落凄惨的景色,情不自禁地吟诗道:"池塘一夜秋风冷,吹散芰荷红玉影。"再有就是香菱的判词是"根并荷花一茎香",有一幅画是"水涸泥干,莲枯藕败。"这些地方都明确说明是荷花。再比如贾母带刘姥姥浏览大观园时,宝玉在船上看到残留的荷叶,埋怨怎么不叫人收拾一下，黛玉说喜欢李商隐的这一句诗："留得残荷听雨声"。宝玉听了很喜欢，也就不想拔去残荷了。

有人认为黛玉清高自许，目无下尘，和荷花的品格相似。以美丽的荷花来比喻黛玉很合适，更何况她还喜欢"留得残荷听雨声"的诗句。高洁的荷花，有着"出淤泥而不染，濯清涟而不妖。"的品格，可是，黛玉的生活条件优越，她的父母爱女如珍宝。后来到了贾府，又得到了优厚的生活待遇，并没有像香菱那样的经历。香菱曾经生活在如同淤泥一般的环境当中。如果仅是指精神层面的比喻，那么，黛玉与众金钗生活环境相同，如同荷花一样的金钗又岂止黛玉一人？况且，荷花开在盛夏，无须"莫怨东风当自嗟"；而开在秋天的芙蓉花含露拒霜，"风露清愁"更符合黛玉多愁善感的气质。

在《红楼梦》当中的芙蓉花是木芙蓉，而不是水芙蓉（荷花）。那么，我们又如何来看待在八月时节"池上芙蓉"正开这样的描述呢？其实，池上就是池边的意思，在古诗词当中有很多这样的用法，唐代的诗人温庭筠在《菩萨蛮》中道："江上柳如烟，雁飞残月天。"他的另一首《菩萨蛮》中有"池上海棠梨，雨晴红满枝。"也是池边的意思。再比如唐代的岑参在《题平阳郡汾桥边柳树》这首诗中说道："此地曾居住，今来宛似归。可怜汾上柳，相见也依依。"宋代辛弃疾在《清平乐·村居》这首词中道："茅檐低小，溪上青青草。"这样的例子还有很多，当我们了解到这样的用法之后，就不会把"池上芙蓉"理解成水池里的芙蓉了。

通过对于文本的分析，黛玉的代表花是一朵木芙蓉。芙蓉花开在秋天，又名拒霜花、秋牡丹。宋代的郑域在《木芙蓉》诗中赞美道："若遇春时占春榜，牡丹未必作花魁。"《广群芳谱》中赞美芙蓉花清姿雅质，独殿众芳。秋江寂寞，不怨东风，可称俟命之君子矣。《广群芳谱》又称为《御定广群芳谱》，是康熙皇帝御定的，而康熙与曹雪芹祖父曹寅的关系很亲密，曹寅任江宁织造，康熙南巡时，曹家曾四次接驾。因此，无论是从时代背景还是私人的情感来看，

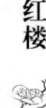

曹雪芹参照的花谱很可能就是《广群芳谱》，而不是其他的花谱。秋天的芙蓉花可与春天的牡丹花相媲美。因此，黛玉抽到的花签上写着牡丹陪饮一杯，众人都说好极了，黛玉也自笑了，饮了酒，感到很满意。芙蓉花在曹雪芹心中的位置很高，将黛玉比喻为芙蓉花，芙蓉花与芙蓉女儿相映生辉。在《芙蓉女儿诔》当中赞道："其为质则金玉不足喻其贵，其为性则冰雪不足喻其洁，其为神则星日不足喻其精，其为貌则花月不足喻其色。"给予了像芙蓉花一样的少女极高的评价，也表达了作者对于芙蓉花的喜爱之情。

袭人更是一个刚强的女子

袭人明辨是非，敢于说真话，不卑不亢，很有正义感。有人说袭人奴性十足，这是没有细读文本导致的偏见，实际上，袭人更是一个勇敢的刚强的女孩。

宝玉遭到毒打，袭人敢于埋怨贾政打得太重了。贾政是宝玉的父亲，是家中掌权的老爷。这天，忠顺王府的人特地来到贾府，和贾政说他们正在寻找琪官，听得宝玉和琪官来往密切，一定知道他躲藏之地。宝玉被逼无奈，说出了琪官的下落。贾政见宝玉不好好读书，还在外面招惹是非，心中十分恼怒，又看到贾环带着他的小厮们惊慌地跑过去，就喝住质问。本来贾环是畏惧父亲才想跑掉的，此时，借机故意夸大其词，把宝玉说得十分不堪，这真是火上浇油，贾政大怒，亲自动手毒打宝玉。幸亏王夫人、贾母等前来解救，宝玉才得以解脱。众人急忙给宝玉疗治，抬回了怡红院之后，袭人含着泪查看伤情，见伤势严重，咬着牙说道："我的娘，怎么下这般的狠手！你但凡听我一句话，也不得到这步地位。幸而没动筋骨，倘或打出个残疾来，可叫人怎么样呢！"袭人心疼宝玉，敢于说贾政下手太狠，伺候宝玉的丫头婆子众多，如果这些话传到政老爷那里，也不是闹着玩的。在贾府中，除了贾母之外，还没有几个人敢说贾政的不是。

贾府的大老爷贾赦在朝廷中就任一等大将军的职位，鸳鸯是贾母身边最为重要的人物，贾母如果离开了鸳鸯，那是连饭也吃不下去的。贾赦这白胡子老头，如今兄弟、侄儿、儿子、孙子一大群了，不知出于什么样的考虑，忽然生出一个想法，要娶鸳鸯为小妾，还派邢夫人前来说情。在大枫树下，鸳鸯跟平儿、袭人坐在一块石上诉说此事，袭人听后，忍不住心中的愤怒，袭人道："真真这话论理不该我们说，这个大老爷太好色了，略平头正脸的，他就不放手了。"她们正说着话，只见鸳鸯的嫂子走了来，无耻地前来当说客，结果被鸳鸯痛骂了一顿。平儿和袭人也站在鸳鸯的立场上，义正词严地抢白了那媳妇，令那媳妇无地自容，恼羞成怒地去回邢夫人的话，连带着把袭人也告了，她说："袭人也帮着她抢白我，也说了许多不知好歹的话，回不得主子的。"邢夫人听了，因说道："又与袭人什么相干？她们如何知道的？"袭人得罪的人，可不是一般的人物，邢夫人也不是个好惹的主，就连凤姐都不敢惹她生气，袭人敢于骂大老爷贾赦太好色了，能够这样做的丫环恐怕也不是很多。

凤姐是荣府的管家少奶奶，代替王夫人管理着荣国府。这天，袭人和平儿吃过了饭，一起往出走。袭人问平儿为什么这个月的月钱迟迟不发，平儿悄悄地告诉袭人，是凤姐把大家的月钱提前都支出来，又放到外面为自己赚利钱去了。袭人道："难道她还短钱使，还没个足厌？何苦还操这心。"平儿说仅这一项，一年就赚了上千的银子呢。袭人笑道："拿着我们的钱，你们主子奴才赚利钱，哄的我们呆呆的等着。"从袭人和平儿的对话当中可以看出来，一是她们之间的感情很好，如姐妹一般亲密，平儿连放贷的事情也不瞒着袭人。二是袭人有原则，很直率，是非分明，看不惯的事情直接批评。凤姐只顾着放利钱，不给大家发工资，这事情做的实在是很不厚道。

宝玉被打之后，袭人敢于违背皇妃的旨意，建议宝玉搬出大观园，也很不简单。宝玉能够入住大观园，那是尊贵妃的旨意。元春省亲之后，看到大观园的景致那么好，况家中现有几个能诗会赋的姊妹，何不命她们进去居住，也不使花柳无颜。又想到宝玉自幼在姊妹丛中长大，就命他也搬到大观园居住。可是，宝玉在渐渐长大，姐妹们同样也在渐渐地长大，现在又出现了宝玉挨打的事情，袭人担心，如果长期在同一个园子中居住，恐怕那些别有用心的人会说闲话，对宝玉的名声不利，才提出这样的建议。在当时的社会环境当中，袭人的担忧是有道理的。

袭人的确是心直口快，宝玉挨打，宝钗前来送棒疮药。当宝钗问起宝玉挨打的原因时，袭人把茗烟的原话转述了，宝玉急忙拿话拦住，怕宝钗难为情。宝钗说，即使是她哥哥薛蟠惹的祸，也可能是无意之中透露出去的。一席话弄得袭人有点不好意思起来，也觉得自己说话有点急了。但是，这何尝不是为了宝玉而着急上火，并不考虑会牵扯谁，得罪谁。

袭人敢于批评贵族公子宝玉，不像有些人为了自保而一味地顺从逢迎。也不像有些人，看到宝玉不喜读书，就想尽办法帮助他逃避功课，谎称惊吓着了，纵容的宝玉更加淘气贪玩。在情切切良宵花解语这一回中，袭人勇于进言，因见宝玉自幼性格异常、淘气憨顽、任性恣情，因此，平时总是想办法规劝。无奈宝玉不大肯听。这天晚上，他们两个聊天谈心，袭人趁着宝玉这会肯听人劝之时，提出了一些建议让他遵守。首先不要总是说些不吉利的话，然后就是不要攻击那些读书上进的人。再不可毁僧谤道，调脂弄粉。还有更要紧的一件，再不许舔女孩子们嘴上擦的胭脂了，改掉爱红的毛病。细细地看一下，每一条都是为了宝玉着想，为了让他能够上进。面对袭人的规劝，宝玉也觉得言之有理，连声保证都改，并且表示如果再胡说就拧嘴。正是这样一位直率的女孩，才是最爱护宝玉的。脂砚斋在己卯本批语中道："实可爱可敬可服之至，所谓'花解语'也。"

为什么袭人这么直率，人缘却是最好的？因为袭人说话在理，说的都是事实，以理服人，很有原则。在坚持原则的同时，也是富有同情心的。荣国府中上上下下的人们，都那么喜欢她、敬重她、爱护她，如贾母、王夫人、

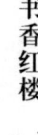

薛姨妈、凤姐等，薛姨妈道："早就该如此。模样儿自然不用说的，她的那一种行事大方，说话见人和气里头带着刚硬要强，这个实在难得。"宝玉、湘云、黛玉、宝钗等对袭人都很好，说明大家在相处相伴的日子里对于袭人的人品是认可的态度。袭人对下层的丫头婆子很有同情心，并不仗势欺人，遇到事情总是息事宁人，替她们说话，很照顾她们，就连佳惠等小丫头也敬重袭人姐姐。

我们评价一个人，不仅要看她对于上层人物是一个什么样的态度；更重要的是，对于地位不如自己的下层人物是一个什么样的态度。

既然袭人没有告密，为什么总是被冤枉

袭人温柔和顺，贤惠善良，是宝玉的贴身丫环，也是怡红院的领班。《红楼梦》第三回中这样介绍袭人："原来这袭人亦是贾母之婢，贾母因溺爱宝玉，生恐宝玉之婢无竭力尽忠之人，素喜袭人心地纯良，克尽职任，遂与了宝玉。"袭人和晴雯都是贾母身边的丫环，晴雯是因为模样比别人生得好，针线活又是最好的，所以也就给了宝玉。她们俩都深得宝玉的喜爱。后来，晴雯在抄检大观园的时候，被王夫人撵逐出了大观园。

一

袭人到底有没有告密？这个问题历来分成两种截然不同的看法，要弄清楚这个问题，就要细读文本，而不是人云亦云，随波逐流。那么，就让我们回到文本当中，去看一看当时的情景，究竟是谁害得晴雯、芳官、四儿等女孩子被逐出大观园的呢？

邢夫人利用五彩绣春囊事件责难王夫人，王夫人被激将，愤怒之余，开始整顿风气，立刻就把周瑞家的等五家陪房叫进来，还有邢夫人的心腹王善保家的也主动参与其中。这王善保家的正因素日进园去那些丫环不大趋奉她，

她心里大不自在，要寻她们的故事又寻不着，恰好生出这事来，以为得了把柄。又听王夫人委托，正撞在心坎上。王善保家的趁机发泄心中的不满，只见她说道："太太也不大往园里去，这些女孩子们一个个倒像受了封诰似的，他们就成了千金小姐了。闹下天来，谁敢哼一声儿。不然，就调唆姑娘的丫头们，说欺负姑娘们了，谁还耽得起。"接着，王善保家的又向王夫人汇报了晴雯的情况，"那丫头仗着她生得模样儿比别人标致些。又生了一张巧嘴，天天打扮得像个西施的样子，在人跟前能说惯道，掐尖要强。一句话不投机，她就立起两个骚眼睛来骂人，妖妖趫趫，大不成个体统。"一席话触动了王夫人，想起曾经有一天见到过一个丫头，正在那里骂小丫头。王夫人对着众人说道："我的心里很看不上那狂样子，因同老太太走，我不曾说得。后来要问是谁，又偏忘了。今日对了坎儿，这丫头想必就是她了。"凤姐也说晴雯是丫头们当中最漂亮的，原有些轻薄。王善保家的立刻提议把晴雯叫来当面辨认，平时，丫环们皆知王夫人最嫌趫妆艳饰语薄言轻者，故晴雯不敢出头，现在，听见王夫人叫她，并没有十分妆饰，以为这样不会引起王夫人的反感，王夫人一见到晴雯，正是上个月看到的那个人，真是怒火攻心，狠狠地大骂了晴雯一通，晴雯哭着跑回来，气得病更重了。

王夫人盛怒之下说道："这样妖精似的东西竟没看见。只怕这样的还有，明日倒得查查。"王善保家的又进一步提议抄检大观园，这真是小人一旦得势，什么事情都能干得出来。可是，令王善保家的没有想到的是，查到最后，原来是她自己的外孙女司棋惹出来的祸事，搬起石头砸了自己的脚，现世打嘴的，也真够狠狈的，正是损人不利己的行为。

以王善保家的为首的众老婆子，深恨这些大丫环们，所谓的二层主子，只要一有机会就下手整她们，以报不平之气。宝玉又是怜香惜玉的公子，平时很宠着这些女孩子，遇到矛盾冲突时，就极力保护着她们，这就更加激起老婆子们的不满情绪。

王善保家的首先告了晴雯，那么，还有没有其他人也告了怡红院里的人呢？原来王夫人自那日着恼之后，王善保家的就趁势告倒了晴雯。本处有人和园中不睦的，也就随机趁便下了些话。王夫人皆记在心中。也就是说，包括晴雯在内的其他人，也同样被告了。所以，王夫人来到了怡红院，从袭人起开始查阅，老嬷嬷把四儿给指认出来，并且告诉王夫人，四儿就是和宝玉同一天的生日，芳官也被老嬷嬷指认出来了。说明一个问题，宝玉他们平时的言谈举止，老嬷嬷们一清二楚。因此，王夫人说道："打量我隔的远，都不知道呢。可知道我身子虽不大来，我的心耳神意时时都在这里。难道我通共一个宝玉，就白放心凭你们勾引坏了不成！"

至此，事情已经很清楚了，根本不是袭人告状，因为王善保家的告晴雯的时候，王夫人并不知道有个晴雯。还现查现问，这就是明证，如果袭人告了状，王夫人能不知道吗？王夫人离开怡红院时，警告了袭人、麝月、秋纹等没有被赶走的丫环，她说道："你们小心！往后再有一点分外之事，我一概不饶。"

有的读者责备袭人没有替晴雯等说情。王夫人雷嗔电怒地来到了怡红院，这个时候谁敢去惹她？就连宝玉也不敢多说一句话，何况是袭人呢？在那个等级制度下，她们同样也有随时随地被赶出去的可能，袭人、麝月、秋纹能够自保已经很不错了，哪里还敢给别人说情呢？

二

既然袭人没有告密，为什么有人坚定地认为告密了呢？原因就在宝玉这里，有些读者是受到宝玉的影响，听到他的胡乱猜测之后，才怀疑袭人的。宝玉这样说道："咱们私自顽话怎么也知道了？又没外人走风的，这可奇怪。"袭人道："你有甚忌讳的，一时高兴了,你就不管有人无人了。我也曾使过眼色，也曾递过暗号，倒被那别人已知道了，你反不觉。"怡红院除了在宝玉身边的几个大丫头之外，还有许多外围的小丫头和老婆子，人多到什么程度呢？多到连宝玉都有许多不认识的人。比如，第一次见到小红时，并不认识。再比如初见惠香时，宝玉同样也不认识。一方面宝玉疏于管理，不明察秋毫；另一方面，怡红院的仆人也太多了些。再加上怡红院之外还有众多的老婆子们，有可能的告密者有许多。古代的建筑并不像现代的建筑那样，那时的建筑隔音效果并不是很好。有一回袭人回娘家探亲去了，宝玉、晴雯、麝月三人在里屋说话，外面上夜的婆子不让他们继续说下去。"只听外间房中十锦格上的自鸣钟当当两声，外间值宿的老嬷嬷嗽了两声，因说道：'姑娘们睡罢，明儿再说罢。'宝玉方悄悄的笑道：'咱们别说话了，又惹她们说话。'说着，方大家睡了。"这一个故事情节，充分说明宝玉以为他们在屋里说话别人听不到，其实，彼此都能听得到对方在说什么话。

假如袭人想要收拾晴雯，根本用不着等到第七十七回，在第三十一回当中，晴雯失手把扇子跌坏了，宝玉因此说了她几句，晴雯便和宝玉顶嘴吵了起来，宝玉气得浑身乱战，立刻就要回王夫人那去，要把晴雯打发回家。关键时刻，是袭人救了晴雯，袭人见拦也拦不住，只得跪下求宝玉不要把晴雯赶出去。其他的女孩子也都进来跪求，晴雯才算躲过了一劫。

三

晴雯被逐出大观园这一事件，责任应该由谁来负呢？究其原因，第一，是王善保家的告状，这是事件的导火索。第二，就是众婆子们，原来王夫人自那日着恼之后，王善保家的就趁势告倒了晴雯。本处有人和园中不睦的，也就随机趁便下了些话。第三，晴雯的爆碳性格害了她自己。她性情爽利，口角锋芒，在怡红院里千伶百俐，嘴尖性大，那些姐妹们还都能担待她，包容她。可是，那些婆子们就不会那么宽容了。她有任性的自由，别人就有批评的自由。当众婆子听到晴雯将要被逐出大观园的消息后，都趁愿叫好，因笑道："阿弥陀佛！今日天睁了眼，把这一个祸害妖精退送了，大家清净些。"由于晴雯平时不懂得维护人际关系，任性骄纵，得罪了不少人。等遇到了坎，那些心里含怨的婆子们岂能饶过她，当然会趁机反击。晴雯的悲剧人生，很大一部分原因,是她自身的性格缺陷造成的。晴雯没有摆正自己的位置,是准姨娘的心态,所以,说话办事超越了自己的身份,不大得体。以为得到宝玉的宠爱,就能够长长远远地和宝玉在一起,不料痴心傻意最后反而落了空。整个事件当中,王夫人是决定因素。王夫人看不惯那些靧妆艳饰又言轻语薄的美人,因此,晴雯被逐出大观园也在所难免。

如果细读了文本,就不会把晴雯的被逐迁怒于袭人。如果细读了文本,就应该放下偏见,不要再冤枉袭人。

《红楼梦》的作者,对于那些女孩子,有着悲天悯人的情怀,对于她们的遭遇,都是同情的悲悯的态度,她们个性鲜明,既有优点,也有缺点,除了宝琴之外,基本上没有十全十美的人物。不因为同情就回避她们的缺点,也不因为喜欢而隐瞒她们的不足。这也是读者在欣赏文本时应有的情怀。

玫瑰露与茯苓霜事件

贾母、王夫人等都出门去了，要一个多月才能回贾府来，凤姐偏偏又病倒了，府里的好多人趁此机会渐渐地胆大起来了，各种各样的矛盾也都暴露了出来，闹得家反宅乱，鸡飞狗跳的，平儿忙着各处维稳，真是一波未平一波又起。这天，因凤姐打发平儿去王夫人处要玫瑰露，玉钏去取的时候，发现柜子已经被人打开过，再一清点，不但玫瑰露少了一瓶，还少了许多的零碎东西。

柳五儿和芳官很要好，她得了一包茯苓霜，就分出来一半包好，趁着黄昏的时候，花遮柳隐地到怡红院给芳官送去。柳五儿羡慕这园子已经很久了，因母亲以前在梨香院的厨房做事，对芳官照顾得很好，现在，怡红院里又有空缺，她的母亲想着怡红院人多差轻，又听说将来跟随宝玉的丫头都会放出去。就请芳官帮忙说情，宝玉也应允了五儿补充进来，只是还没有和长辈提出此事。柳五儿想着进了怡红院之后，一则与母亲争气，二则添了月钱，家里的经济也宽裕些。再就是自己的心情好起来，身体也会好起来，倘或是需要吃药，也省了家里的开支。她来到怡红院门前的一簇玫瑰花前往里瞧，恰巧小燕出来了，她就把茯苓霜让小燕转交给芳官。在往回走的途中，恰巧遇到林之孝家的带着几个婆子迎面走来，柳五儿躲闪不及，只得上前打招呼。林之孝家的见她神色慌张，言语迟缓吞吐，近来园中又失落了东西，就怀疑柳五儿。这时，小蝉、莲花儿并几个媳妇子走来，这些人都是与柳五儿的母亲不和睦的，正寻机会打击她们呢，以报平日里积攒下来的不平之气。小蝉是夏婆子的外孙女，夏婆子和芳官她们结了怨，小蝉给夏婆子报信时，遇到了芳官来厨房。管理厨房的柳嫂子只管奉承芳官，芳官还故意气小蝉，把个小蝉气得怔怔的，因此也结了怨。今天遇到了这件事，就把气发到了柳五儿的身上。说是近来园中失窃，正寻不着主呢。莲花儿也帮衬着火上浇油，说看见厨房里有一个露瓶，林之孝家的正愁这事没个着落，凤姐又每天派平儿催逼她。于是，带领众人来到厨房，找到了露瓶。接着，又细搜了一遍，又得了一包茯苓霜，柳五儿急忙辩解玫瑰露是芳官给的。林之孝家的才不管什么方官圆官的，连人带物一并带了出去。

　　莲花儿是怎么知道厨房里有玫瑰露呢？原来今天莲花儿去厨房给柳嫂子传话，说迎春屋里的大丫头司棋要一碗嫩嫩的蒸鸡蛋，柳嫂子说了一通物力艰难的话，总而言之，今年的鸡蛋很贵，是给上头做菜预备的配料，不是伺候你们这二层主子副小姐的。莲花儿赌气回来，跟司棋添油加醋地汇报了，司棋听了大怒，带领着小丫头大闹厨房，将箱柜里所有的菜蔬乱翻乱扔乱摔，众人急忙好言相劝。

　　林之孝家的一行人来到凤姐住处，凤姐才睡下，平儿进去回了凤姐，出来传凤姐的吩咐："将她娘打四十板子，撵出去，永不许进二门。把五儿打四十板子，立刻交给庄子上，或卖或配人。"柳五儿吓得哭哭啼啼，给平儿跪着诉说芳官之事，又说茯苓霜是她舅舅送的。平儿心地善良，没有执行凤姐的命令，说夜已深了，明天再处理这件事。五儿被人暂时看管起来了，上夜的婆子，也有嫌辛苦抱怨的，也有称愿的，都来奚落嘲戏她，她呜呜咽咽直哭了一夜，口渴也喝不上水。那些素日和她们母女不和的，第二天一早，便去平儿那里说柳嫂子的坏话，想要趁机顶替管理小厨房的工作。

雨薇的书香红楼

平儿来到怡红院调查此事，宝玉和芳官都证明柳五儿是清白无辜的，原是芳官跟宝玉说想送给柳五儿些玫瑰露，宝玉连瓶带露都送给了她，这件事调查清楚了。可是，王夫人屋里丢失的那一瓶玫瑰露又是谁偷了去呢？晴雯一语道破众人心中的怀疑对象，再没有别人，一定是王夫人屋里的彩云偷了给环哥儿了。众人担心伤了探春的体面，商议着如果处理此事方为妥当，就将彩云和玉钏儿叫来，平儿将一番道理恳切地说与她两个。彩云说出了事实的真相，是赵姨娘央告她偷的东西，她宁愿自己受惩罚，也不带累无辜之人伤体面。众人见她如此有胆识，也就不忍心让她去受苦受难。宝玉都应了下来，大家平安。

玫瑰露的事情已经水落石出，可是，茯苓霜又如何解释呢？茯苓霜确是柳五儿的舅舅在门口值班时得的，宝玉是最怜惜女孩的，又恐怕连累责罚了她，也就一并都由芳官应下来。平儿带着芳官和玉钏儿来见柳五儿，少不得教她说茯苓霜也是芳官所赠。这里，林之孝家的带领了几个媳妇，押解着柳嫂子正准备发落，还迫不及待地安插了秦显家的接替了柳嫂子的工作。平儿行权平冤决狱，解救了柳家母女，不但使她们免去了重罚，还恢复了柳嫂子的工作。柳家母女感激不尽。平儿回屋去见凤姐，劝解开导了一番，得放手时须放手，一席话说得凤姐也笑了，因而打消了想要放狠毒之招去整治那些小丫头的想法。平儿出屋来，又和林之孝家的说了一些道理，她说："大事化为小事，小事化为没事，方是兴旺之家。"那边，在厨房里，秦显家的请了一些人洋洋得意地庆贺，正在举杯畅想未来，听到柳嫂子又恢复了工作，顿时轰去魂魄，垂头丧气，卷包而出。为了谋取小厨房的差事，上下打点，左右逢迎，送出去的许多礼物也白搭了。司棋听说她婶娘秦显家的事之后，干生气没办法，也只得如此了。

赵姨娘整天提心吊胆，听说玫瑰露的事情平息下来，才放心了，谁知贾环听了彩云说宝玉应了此事，便怀疑起彩云是和宝玉要好，就把私赠之物都拿了出去，照着彩云扔了过去，骂彩云不应该把这件事情告诉任何人等话，更过分的是，还说若不是看在素日的情面上，就去凤姐那里举报彩云，就说本人不敢要她偷来的东西，骂完之后，摔手出去了，气得彩云哭了个泪干肠断，赵姨娘百般安慰也无济于事。彩云把那些东西包了，都扔到河里去了，只见那些东西有的沉了，也有的漂移全都不见了踪影。

从玫瑰露与茯苓霜的事件当中，体现出凤姐的狠心毒辣，赵姨娘的贪婪无耻，贾环的无情无义，彩云的幡然醒悟，司棋的泼辣大胆，秦显家的美梦落空，柳五儿的柔弱可怜，宝玉的爱花护花，平儿的善良机智及处理复杂事务的能力。既查出来了事情的真相，又保全了探春的面子；既不使好人受冤枉，又让彩云得到教训，引以为戒。在这些事件当中，展现出一幅幅人间百态，体会生活的酸甜苦辣，领略百味人生。

周瑞家的送宫花

周瑞家的送宫花，是《红楼梦》第七回中的一段非常精彩的故事，是承上启下的一节，为故事的展开做了很好的铺垫，通过周瑞家的视角，初步了解一些人物的性格特点，根据她的行走路线，也初步展示了荣国府的部分房屋布局。

送宫花是人们经常提到的话题，也一直有争议。主要的争议点在于，究竟是林黛玉失礼？还是周瑞家的失礼？刘姥姥一进荣国府，找的是周瑞家的帮忙，她辛辛苦苦地忙活了半天，成功地帮助了刘姥姥。等送走了客人之后，周瑞家的来梨香院找王夫人回话，薛姨妈见她来了，就让她顺便给大家送花。这是宫里头做的新鲜样法堆纱花十二枝，周瑞家的一路送着宫花，到了黛玉这里，黛玉并不在自己的房里，她正在宝玉的房间里解九连环玩耍。宝玉一听说花是薛姨妈家的，立刻就说："什么花？拿来给我。"把花拿了出来。黛玉问道："还是单送我一个人的，还是别的姑娘们都有？"周瑞家的道："各位都有了，这两枝是姑娘的了。"黛玉再看了一看，冷笑道："我就知道，别人不挑剩下的也不给我。"由于版本不同，有的版本在这句的后面又增加了一句"替我道谢罢"。其实，大家都没有挑选，并不存在挑剩下这回事。

如果宝玉当时不在这里,黛玉也许还不会如此,看到宝玉对宝钗家送来的花这么感兴趣,早已是含酸吃醋的意思在心里了。黛玉话中带着刺,敏感多疑,这又是何缘故呢?在《红楼梦》第五回中有这样一段叙述:"不想如今忽然来了一个薛宝钗,年岁虽大不多,然品格端方,容貌丰美,人多谓黛玉所不及。而且宝钗行为豁达,随分从时,不比黛玉孤高自许,目无下尘。故比黛玉大得下人之心。便是那些小丫头子们,亦多喜与宝钗去顽。因此黛玉心中便有些悒郁不忿之意,宝钗却浑然不觉。"而宝玉又不论远近亲疏,待姐妹们都很好。黛玉爱耍小性的性格特点,在下一回书中表现得更加明显,回目是"探宝钗黛玉半含酸"。如果这花儿不是薛姨妈送的,而是王夫人送的,或者是邢夫人送的,黛玉还会不会吃醋呢?如果是别人送的,黛玉也许没那么在意,若是和宝钗沾上了边,黛玉的小醋意就难免了。这样的情况一直持续到金兰契互剖金兰语的时候才了结,黛玉和宝钗谈心,两人才真正地和好了。

周瑞家的为什么最后才来黛玉这里?文本中有交待,周瑞家的送宫花的路线,是按照每个人住的地方,顺路送来,黛玉自然就是最后一个了。有些人执着地认为,不管路远近,应当先给黛玉送,因为黛玉是客人。其实,贾府收养了黛玉,使她能够长期生活在这里,她也早就融入这个大家庭里了,生活待遇也很好,周瑞家的是府里办事老道的,如果真有这样的规矩,难道会不知道吗?还会自讨没趣吗?如果绕路先送来,那才叫多事,有巴结宠儿的嫌疑。大家都知道,黛玉是深受贾母宠爱的。"如今且说林黛玉自在荣府以来,贾母万般怜爱,寝食起居,一如宝玉,迎春、探春、惜春三个亲孙女倒且靠后。"此时的黛玉完全是被贾母宠坏了,骄傲起来了。已经不是初进贾府时,步步留心,时时在意,唯恐被人耻笑了去的小女孩了。对比迎春、探春、惜春三位姐妹还有平儿的态度,黛玉就显得有些冷了,探春等或者微笑,或者起身道谢,只有黛玉是冷笑。黛玉的性格直率,她也许没有想到,这句

雨薇的书香红楼

话得罪了许多人，最直接的就是周瑞家的，也许会觉得黛玉矫情。周瑞家的虽是下人，可是，年纪比较大，理应尊敬，就连宝玉都要叫一声姐姐。贾府有这样的规矩，凡年龄大的仆人都有些体面。周瑞家的送宫花，是黛玉孤高自许，目无下尘的生动而又具体的写照。其实，黛玉在贾府并没有受到冷落，贾母觉得人太多拥挤，把三春搬到了王夫人那里，在三间小抱厦居住了，并托给李纨照顾，只留下宝玉和黛玉给自己解闷。因为有外祖母的溺爱，有些小任性也情有可原，还是可爱的女孩。况且，后来的黛玉随着年龄的增长，也在渐渐地成长，比起小女孩时期，也成熟了许多，黛玉的形象分为三个不同的阶段。

周瑞家的听到了黛玉的话之后，为什么一声也不言语？因为这一趟差事是薛姨妈临时派的，顺便捎带的事。周瑞家的这一天忙活的，自己的女儿还等着回话呢，女婿冷子兴的事情，还要去求凤姐帮忙呢。幸亏宝玉叫个小丫环去向宝钗问好，若再派周嫂子去，说不定又会多出些事情来了。冷言冷语不在意，赶紧地家去了。也就是在这一回中，我们才知道，原来这冷子兴是周瑞家的女婿，怪不得他和贾雨村演说荣国府的时候，知道的事情那么多呢。现在，遇到事情了，因卖古董和人打官司，还得仰仗荣国府的人帮忙。周瑞家的是王夫人的陪房，也有一定的地位，并不觉得这是多大的事。由此可见，贾府的势力有多大。

通过送宫花，周瑞家的一个人，串起了多少剧情。在送宫花之前，周瑞家的先来到了宝钗这边，宝钗忙笑着让座，问周姐姐好，她们亲切地拉着话，展开了冷香丸的话题。通过送宫花，我们也知道了可怜的香菱的近况，问她父母家乡，她竟然一概都不知，周瑞家的替她感到伤心难过。当花儿送到惜春那里时，惜春正和小尼姑智能儿玩耍，开玩笑说将来也要去做尼姑，谁知戏言却一语成谶，惜春后来果然出家了。周瑞家的虽说是路过了李纨的住处，可是这花儿却没有她的份。当花送到凤姐院的时候，点出了凤姐与贾琏小夫妻恩爱的情节，与李纨的冷清形成了一组对比。而凤姐把其中的两枝宫花转赠给了可卿,可以看出,她们俩人相处的还是比较好的。

通过送宫花,知道了黛玉喜欢玩九连环这种游戏,让人感到很亲切,九连环特别有趣,我小的时候,也曾经玩过,确实很不容易解。汉代的卓文君在给司马相如的诗中说:"七弦琴无心弹,八行书无可传,九连环从中折断,十里长亭望眼欲穿……"可见,这样的游戏已经流传了几千年了。

小小的十二枝宫花,带出了众多的金钗以及她们的生活场景,所有的这些情节,使读者仿佛身临其境,如在眼前一般真切。

这一年的端午节

宝玉喜欢身边的这些妙龄少女们，当搬进大观园之后，更是心满意足，和姐妹们丫头们相处，读书写字，吟诗作画，弹琴下棋，斗草簪花，日子过得很舒心，也很滋润。可是，生活本来就是酸甜苦辣的，不可能总是那么平静，有时也会掀起一些小波浪，就算是宝玉这样的贵公子，也不能够事事顺心如意。这一年的端午节，对于宝玉来说真是一波未平一波又起，成长中的少年，有时候就是这样爱惹是生非。黛玉被他气哭了，一向随和的宝钗动怒了，从不曾动手打人的王夫人也一反常态，对女孩子温柔体贴的宝玉也是第一次打人，并且还不留情面地往外撵晴雯。

宫中的元妃派人传出旨意，五月初一到初三在清虚观打三天平安醮，并送来了一百二十两银子。元春又给家人送出各种礼物，偏偏宝玉和宝钗的礼物是一模一样的，也不知元春的真实想法是什么？是偶然的相同？还是有什么样的婚姻暗示？因为素有"金玉之说"的原因，宝钗也有些不好意思，黛玉心中更是有醋意，一见到宝玉就冷嘲热讽，提起"金玉之说"的话题。宝玉一听急忙解释，说心里是和黛玉最要好。可是，刚过了没一会儿，当宝玉看到宝钗的时候，一见到她雪白的酥臂，不觉动了羡慕之心，觉得宝钗比黛玉另具一种妩媚风流。黛玉看见宝玉如此,好像"呆雁"一般,拿起手帕子甩到宝玉脸上,打醒了宝玉。

五月初一这一天,荣国府门前车辆纷纷,人马簇簇。一行人到了清虚观,有一位张道士见到了宝玉,就和贾母说有一户人家的女孩子很合适,要给宝玉提亲。贾母回答,有一个和尚说了,宝玉命中不该早娶。贾母让张道士留意,打听着有好女孩子就来告诉一声,条件是模样、人品要好。接着,张道士又送上了一些敬贺之礼,其中有一个金麒麟,跟史湘云戴的金麒麟很像是一对,因此,宝玉留心收了起来,黛玉悄悄地观察着宝玉的动静,心有所感。

贾母心目中的孙儿媳妇的人选,既不是黛玉,也不是宝钗,也不是湘云。而是后来才到贾府的宝琴,贾母一见到宝琴就喜欢的不得了,在《红楼梦》第五十四回当中,赞宝玉和宝琴雪中折梅的画面比画还要好看,就向薛姨妈打听宝琴的年庚八字并家中的情况。薛姨妈知道贾母的意思是给宝玉求婚配。只可惜宝琴已经许配了人家了。聪明的凤姐当然能够体会出贾母的意思,也觉得他们是一对,刚要说媒,一听此言,也只得作罢了。

宝玉因张道士提亲之事生气,黛玉也为此事郁闷。况且,又提起了金玉之说,心中更加不悦,不仅宝钗有金锁,史湘云也有一个金麒麟。宝黛二人言语不合起来。宝玉一怒之下摔玉砸玉,黛玉则大吐大哭。袭人和紫鹃赶来劝架,不仅没劝好,反而还进一步升级,黛玉一气之下把给宝玉做的玉上穿的穗子剪成几段。婆子们看事情闹大了,为了自保和推责,赶紧去向贾母和王夫人汇报。贾母等急忙赶来,见几人无言对泣,少不得将袭人和紫鹃责备了一番,把宝玉带了出去。这两人闹了别扭,贾母一面抱怨一面流着泪,宝玉和黛玉,一个在潇湘馆临风洒泪,一个在怡红院对月长吁,心中都十分后悔。最后,还是宝玉先服软,来找黛玉倾诉,又把"好妹妹"叫了几万声,两人对泣对诉,又重新合好了。

凤姐奉贾母之命前来劝解,一看宝黛又合好了,喜得拉着他们到了贾母那里，好让她老人家放心。宝玉进了屋，见宝钗也在，便没话找话，说宝钗体丰怯热像杨妃，宝钗不由地大怒。此时，靛儿前来寻扇子，宝钗借机双敲，指着她道："你要仔细！我和你顽过，你再疑我。和你素日嘻皮笑脸的那些姑娘们跟前，你该问她们去。"宝钗不是轻易发怒之人，主要是当着大家的面，宝玉说她体丰怯热像杨妃，宝钗也不是一味忍让，超越底线就会反击。正因为她有自己的边界，并且能维护一个女孩的自尊，才更加令人敬重。黛玉见宝玉奚落宝钗，很合自己的心意，面露得意之色，正想也跟着取乐，后来看到宝钗生气了，也就收住了。宝钗借机讽刺他们是"负荆请罪"，一句话说得宝玉和黛玉都羞红了脸。

　　宝玉先得罪了黛玉，现在又得罪了宝钗，自知说话造次了，很是惭愧，宝钗走了，黛玉嘲讽宝玉，遇到厉害的了？宝玉心中没好气，又不敢向黛玉发，只得出来走一走。信步走到了王夫人这里，中值午间，王夫人在凉榻上睡着，金钏在给王夫人慢慢地捶着腿。宝玉招逗金钏，金钏笑着示意让他出去。宝玉对她恋恋不舍，给她往嘴里送上香雪润津丹。拉着她的手说要讨她，想跟她在一处。金钏说忙什么，是你的总是你的，并且告诉宝玉去东小院子里拿贾环和彩云两个去。这时，王夫人忽然起来，打了金钏一个嘴巴子，怒斥金钏是下作小娼妇，并要把她撵出去，金钏忙跪下哭着求饶，王夫人盛怒之下岂肯饶恕，金钏被赶出了贾府。回到自己家中的金钏被耻辱感包围，无法解脱。整天哭哭啼啼，后来投井自杀了。金钏自杀的原因，主要是王夫人翻脸无情，将她撵了出去，被迫含羞忍辱地回到原来的家庭。贾府里的这些女孩子们，到了一定的年龄，差不多都会放出去，由父母做主自己找人家，比如彩霞。尽管贾府的工资待遇比较高，还管吃管穿管住，像春燕她们还是希望将来能够放出去，自由自在地生活。但是，被撵出去和到了一定年龄放出去的心情是不一样的。关乎到一个人的体面问题。还有一个原因就是金钏想做姨娘的梦想破灭了。金钏对宝玉说："金簪子掉在井里头，有你的只是有你的。"可怜的金钏，最终没能走出自己的抑郁情绪，香消玉殒了。

这边，宝玉见王夫人打了人，急忙一溜烟跑了。刚到了蔷薇花架，听见有人在哽噎，宝玉好奇地向花叶里面看，原来是一位女孩子在地上画"蔷"字，画了一个又一个，宝玉不觉也看痴了，恨不得替她分担一些忧愁，正在胡思乱想之际，忽然下起了雨，宝玉连忙叫她不要写了，赶紧遮雨，他自己却已被雨淋湿了。急忙向怡红院跑去。可巧，怡红院的院门关着，女孩子们正在院中玩耍嬉笑，将些绿头鸭、彩鸳鸯等放在水里戏水，宝玉使劲地拍门，过了好久里面才听见了，袭人来开门，从门里看到宝玉淋成了那样，笑得弯着腰。而宝玉并没有看清楚是谁，以为只是小丫头，一抬脚踢向了袭人，袭人真是又羞又气又痛，知道这是误踢，又怕宝玉着急，只得说没有踢着。袭人夜间吐了血，宝玉也吓坏了，看见袭人流泪，自己也心酸起来，宝玉五更天就急忙起床，去找医生给袭人开药方调治。

端阳佳节到了，贾府蒲艾簪门，虎符系臂。酒席上大家的心情都不好，形容也是懒懒的淡淡的。坐了一会儿也就散了。宝玉本来是喜欢常聚的，见大家没有兴致地散了，心中闷闷不乐，回到了怡红院，在屋里长吁短叹。这时，晴雯失手把扇子跌在地下摔坏了，宝玉训斥了晴雯，晴雯反击了回来，袭人见宝玉动了怒，忙过来劝架，没想到正在气头上的晴雯又把怒火转向了袭人。气得宝玉要把晴雯打发出去，晴雯哭着说，"我一头碰死了也不出这门儿"，宝玉还是执意要去汇报。袭人、麝月、秋纹等众人见拦不住，只得跪下了，宝玉见状只好作罢。袭人见宝玉伤心地流下泪来，也就哭了，晴雯正在哭着，见黛玉来了，有点不好意思，就走到外面去了。还是黛玉打破了尴尬的场面，笑着说道："大节下怎么好好的哭起来？难道是为争粽子吃，争恼了不成？"说得大家都笑起来。

宝玉出去和朋友们喝酒，晚间回怡红院时，已喝多了酒，他和晴雯开起了玩笑，为博得美人欢心，以补偿因跌坏了扇子而引起的不快感，撕扇子作千金一笑，晴雯果然撕了两把扇子，开心地笑了，宝玉说撕得好，几把扇子

能值几何！重要的是千金难买一笑。

这一年的端午节，人们的火气似乎都特别大，矛盾此起彼伏。宝玉因博爱而劳神，弄得他应接不暇。还是宝钗评得对，在诗社成立之际，她说宝玉是富贵闲人，无事忙。宝玉平时没有事情的时候还那样忙，有事情的时候，就更加忙碌了。

滴翠亭宝钗扑蝶遇小红

芒种节这天，大观园里绣带飘飘，花枝招展，女孩子们在饯花神，大家都在园内玩耍，独不见黛玉，宝钗就去叫她，来到了潇湘馆门前，看见宝玉进院去了，宝钗想到倘或自己也跟着进去，有些不太合适。这时，忽见前面一双玉色蝴蝶，翩翩起舞，十分有趣，就取出扇子扑蝶玩耍，一路跟着蝴蝶来到了池中的滴翠亭，宝钗有些累了，停下来歇息，这时，听到亭子里有人说话。原来是小红和坠儿，贾芸捡到了小红的手帕，让坠儿给送回来了，坠儿不知道其实这是贾芸的手帕，小红的那一块贾芸悄悄地留下了。坠儿跟小红说贾芸要谢礼，小红只得把自己的另外一件东西给了坠儿。她们都知道这件事涉及私自传递东西，在贾府是不被允许的。坠儿发誓不说出去，她们又担心被人听到谈话内容，就要推开窗户，在这样的情况下，宝钗的心理活动是："如今便赶着躲了，料也躲不及，少不得要使个'金蝉脱壳'的法子。"宝钗忙问小红和坠儿，看到黛玉了吗？刚才看到她在这边戏水，怎么转眼就不见了，一边寻找着，一边转身就走了。这件事总算是遮过去了，心里觉得好笑。

对此，脂砚斋的评论是赞扬之声音，在庚辰本侧批中说道："闺中弱女机

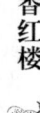
雨薇的书香红楼

变,如此之便,如此之急。"另一条脂批道:"像极!好煞,妙煞!焉的不拍案叫绝!"都是赞宝钗机智,随机应变,摆脱掉眼前的尴尬处境。

滴翠亭是公共场合,不是私人空间,因此也不存在偷听这一说。遇到了,及时躲开就行了,宝钗知道了别人的秘密却不说出去,就这一点来说,也是许多人做不到的。那么,宝钗为什么随口说出的是黛玉呢?因为别人都不在附近,当时宝钗是准备找黛玉一块出去玩的,下意识地说出来,比较合理。

宝钗的"金蝉脱壳"是嫁祸林黛玉吗?第一,在《红楼梦》前八十回当中,没有任何一处写小红什么报复的行为,她丝毫没有受到此事的影响,而是立刻投入到新的工作当中去了。小红生得干净俏丽,口齿又伶俐,对凤姐交办的事情应对自如,深得凤姐的赏识,并把她从怡红院调到自己这里工作。

第二,以当时的情形看来,小红她们并不愿意声张此事,只愿息事宁人。若是没有人提起这件事情,她们根本就不会主动去提。谁会没事找事,自寻烦恼,招惹是非呢?鸡蛋还主动往石头上去碰?更何况只是有可能被人听去了,要怀疑也是先怀疑宝钗,黛玉还在其次,毕竟宝钗是在现场。

第三,小红有没有可能对黛玉有不利之处呢?这就要还原到当时的社会背景下看问题。由于当时的等级观念特别强,并不是人人平等的环境,一个小丫头根本就不会也不敢对小姐们有什么抱怨,更谈不上会有什么报复的行为。而且大家都知道黛玉是贾母的掌上明珠,是宠儿的地位,众人都让着她,更没有人敢为难她。小红被晴雯、秋纹、碧痕等地位略高她的一群人当面无理责骂,虽然小红据理力争,过后,也没有见她报复谁。

第四,小红聪明伶俐,看得开看得远,她曾经和小丫头佳蕙说过:"也不犯着气她们。俗语说的,'千里搭长棚,没有个不散的筵席',谁守谁一辈子呢?不过三年五载,各人干各人的去了。那时谁还管谁呢?"小红早早地就为自己的将来做打算了。坠儿在滴翠亭时对小红说,就算是有人听去了,那也无所谓,各人干各人的,关谁筋痛?她们有这样的想法,因此,都不会去纠结这件事。

综上所述,没有任何文本的证据来证明有祸,更谈不上嫁祸了。当然也没有必要脑补没有发生的事情。

宝钗一向的做事原则是躲避嫌疑,多一事不如少一事。比如,刚才看到宝玉进了潇湘馆,为了避嫌疑,就没有跟进去;再比如将大观园通往薛姨妈住处的小门锁上,宁可绕远路,也要避嫌;还有就是在抄检大观园之后,主动搬出了大观园。

宝钗在滴翠亭处理问题的方式,既不使自己尴尬,又不使别人尴尬,不去直接面对,小红也不必当面求饶,客观上起到保护小红的作用,使她没有因此被撵走。参考司棋的事情,就会感觉到避嫌才是明智的选择。鸳鸯当面撞到了司棋和她表弟潘又安在园中约会,司棋惊恐万状,很快病倒了,她表弟则吓得逃离了贾府。鸳鸯和司棋是十分要好的姐妹,就去安慰司棋,让她放心,并保证决不说出去。而宝钗的做法避免了不必要的麻烦,因此,这是最佳应对问题的方式。

花袭人与李嬷嬷

花袭人是宝玉的贴身丫头,性情温柔和顺,善解人意,做事周到,体贴入微,深得宝玉的喜爱。

李嬷嬷是宝玉的奶妈,负责照顾宝玉的日常生活,随着宝玉渐渐地长大,和李嬷嬷之间的不愉快也多了起来。主要原因就是李嬷嬷仍然想利用奶妈的身份来控制宝玉的言行,这也成为了宝玉的烦恼,矛盾冲突在所难免。

处在青春期的男孩子,很自然地喜欢和女孩子在一起。这一天,宝玉去梨香院看望宝钗姐姐,正说着话,黛玉也冒着雪来了。薛姨妈留下他们一起吃饭,酒喝过三杯之时,李嬷嬷再次上前阻拦,不准宝玉再喝,宝玉正当心甜意恰之时,岂肯不喝。只得再次屈意央告,李嬷嬷不依,还吓唬宝玉道:"你可仔细,老爷今儿在家,提防问你的书!"宝玉慢慢地放下了酒杯,低下了头。黛玉见状,边推宝玉边悄悄地咕哝说:"别理那老货,咱们只管乐咱们的。"又对李嬷嬷道:"往常老太太又给他酒吃,如今在姨妈这里多吃一杯,料也不妨事。必定姨妈这里是外人,不当在这里的也未可知。"李嬷嬷听了,急忙笑着说道:"真真这林姑娘,说出一句话来,比刀子还尖。"李嬷嬷当然辩论不过伶牙俐齿的黛玉,见无人理睬她,只得找了个借口,含酸带醋灰溜溜地走了。

李嬷嬷当着大家的面,给宝玉难堪。不分场合地教训宝玉,还提起以前的事,竟然说出这样的话来:"不知是哪一个没调教的给你酒吃。"又和薛姨妈说道:"姨太太不知道,他性子又可恶,吃了酒更弄性。"并且,不许宝玉喝酒的原因,是怕自己受连累,担心被贾母责骂。当薛姨妈让她放心,有事不用她承担,李嬷嬷仍然不依不饶,难怪大家都不喜欢她,的确是不识时务。

宝玉从梨香院喝了酒,回到自己的住处绛芸轩,醉意朦胧间,忽然想起来豆腐皮包子,那是晴雯最爱吃的,宝玉特意派人送了来,于是就问晴雯:"你可吃了?"晴雯道:"快别提。一送了来,我知道是我的,偏我才吃了饭,就搁在那里。后来李奶奶来了看见,说:'宝玉未必吃了,拿了给我孙子吃去罢。'他就叫人拿了家去了。"接着,茜雪捧上茶来,宝玉喝了一会儿,忽又想起了早晨沏的枫露茶,茜雪道:"我原是留着的,那会子李奶奶来了,她要尝尝,就给她吃了。"宝玉的怒火再也忍不住了,愤怒地摔了茶杯,泼了茜雪一裙子茶水,宝玉跳起来质问茜雪一通,还要立刻去回贾母,把那个讨厌的李嬷嬷撵了出去,大家干净。这时候,袭人出面解释劝阻。替李嬷嬷说话,并且说要撵就把大家一起撵走,宝玉听了袭人的一番话,方不言语,安稳地睡下了。袭人把事情压了下来,将大事化小,小事化了,平息了一场风波,李嬷嬷在外悄悄地打听消息,不敢再次前来触犯。脂砚斋在甲戌本的夹批中道:"奶母之倚势亦是常情,奶母之昏愦亦是常情。然特于此处细写一回,与后文袭卿之酥酪遥遥一对,足见晴卿不及袭卿远矣。"

那么,酥酪又是怎么回事呢?正月里,袭人被母亲接回家吃年茶去了,元春从宫中赐出糖蒸酥酪来,宝玉想到袭人爱吃,便命留与袭人了。李嬷嬷拄着拐来到宝玉的房间,见宝玉不在,女孩们恣意地玩耍,弄了一地的瓜子皮,李嬷嬷自然看不惯,就指责了她们一通。谁知,大家只顾着玩耍,并没人理睬她的话。李嬷嬷又问起宝玉饮食起居等语,人们胡乱应着,不耐烦地说道:"好一个讨厌的老货"。李嬷嬷已经告老解事出去了,没有人再愿意听她的批

评，既然管不着她们了，还时常回来视察工作，说东道西的，招人讨厌。

李嬷嬷看到了一碗酥酪，一边责怪别人竟然不给她送去，一边拿匙就吃。有人急忙阻拦，告诉她那是宝玉特意留给袭人的。李嬷嬷恼羞成怒地说："难道待袭人比我还重？难道他不想想怎么长大了？"摆起了自己从前的功劳，接着又气愤地说道："如今我吃他一碗牛奶，他就生气了？我偏吃了，看怎么样！你们看袭人不知怎样，那是我手里调理出来的毛丫头，什么阿物儿！"越是不让她吃，她越是赌气把酥酪全部吃尽。有人上前劝慰她，反被李嬷嬷给顶了回去，她说："你们也不必妆狐媚子哄我，打量上次为茶撵茜雪的事我不知道呢。明儿有了不是，我再来领！"

袭人从娘家回来了，宝玉命人取酥酪来，有人回答说已被李奶奶吃了，不等宝玉说话，袭人便忙笑说道："原来是留的这个，多谢费心。前儿我吃的时候好吃，吃过了好肚子疼，足的吐了才好。她吃了倒好，搁在这里倒白糟蹋了。我只想风干栗子吃，你替我剥栗子，我去铺炕。"宝玉听了信以为真，不再过问，和袭人聊起了别的话题。温柔贤惠的花袭人，息事宁人，将这件不愉快的事情轻轻掩过，没有惹起气来，真是令人敬佩。上一次宝玉摔茶杯，贾母派人前来询问，也是袭人挺身而出，说是自己失手摔了茶杯，替别人承担不是。

李嬷嬷年龄越大越不自重，争吃争喝，像个老小孩，已经退休了，还回来侮辱女孩们妆狐媚子，能不令人反感吗？李嬷嬷三番几次挑衅闹事，袭人几次平息风波。李嬷嬷心中的失落感仍然无法平复，心里严重不平衡。按理说，退休之后，她应该把生活的重点移回自己的家中，种一种花，做一做饭，多关心自己的孙子，好好地享受天伦之乐。她虽然已经退出了宝玉的生活圈，可是，不甘心被人遗忘，无奈宝玉的心中只在意那些女孩子们，她们又年轻又漂亮，又会哄宝玉开心。李嬷嬷嫉妒这些女孩子们，而袭人又是宝玉最为依恋的贴心人，情切切良宵花解语，是宝玉的情人，是一朵可亲可爱的解语花。李嬷嬷心里憋着闷气，这天，就故意地找茬来了。宝玉和黛玉、宝钗三人正在开玩笑，忽然听得宝玉屋内有人大声嚷嚷，原来是李嬷嬷在骂袭人，黛玉说道："你妈妈再要认真排场她，可见老背晦了。"宝钗劝宝玉道："你别和你妈妈吵才是，她老糊涂了，倒要让他一步为是。"宝玉答应着，急忙回来，只见李嬷嬷拄着拐棍，正在当地大骂袭人："忘了本的小娼妇！我抬举起你来，这会子我来了，你大模大样地躺在炕上，见我来也不理一理。一心只想妆狐媚子哄宝玉，哄的宝玉不理我，听你们的话。你不过是几两臭银子买来的毛丫头，这屋里你就作耗，如何使得！好不好拉出去配一个小子，看你还妖精似的哄宝玉不哄！"李嬷嬷这段话的重点是袭人妆狐媚子哄宝玉，然后，导致宝玉不理她了，这种行为其实叫作迁怒，本来是对宝玉有意见，因为不好直接与宝玉冲突，于是，迁怒于比较好欺负的袭人身上。看到这里，脂砚斋在庚辰本侧批中道："在袭卿身上去叫下撞天屈来"。袭人正病着，吃了药蒙着头在发汗，少不得为自己分辨，真是又愧又委屈，禁不住哭起来。宝玉急忙替袭人辩解几句，李嬷嬷越发气起来了。说道："你只护着那起狐狸，哪里认得我了！"将这屋里的女孩子们都连带着骂上了，接着，又说起了最拿手的话来："把你奶了这么大，到如今吃不着奶了，把我丢在一旁，逼着丫头们要我的强。"一面说一面也哭起来，见黛玉和宝钗也来了，拉住她俩诉委屈，唠唠叨叨说个不清。

正闹得不可开交之时，凤姐来了，知道李嬷嬷的老毛病又犯了，又在排揎宝玉的人，凤姐噼里啪啦的几句话，把场面压服下来，又说道："我家里烧得滚热的野鸡，快些跟我吃酒去。"李嬷嬷被凤姐拉着脚不沾地走了，边走边说："我也不要这老命了，越性今儿没了规矩，闹一场子，讨个没脸，强如受那娼妇蹄子的气！"黛玉和宝钗拍手笑道："亏这一阵风来，把个老婆子撮了去了。"

袭人一向小心谨慎，特别懂事，忍辱负重，顾全大局，宁可自己受委屈，也要维护稳定。这也并不是害怕李嬷嬷，而是照顾到宝玉的面子，毕竟是他的奶妈，凡事还是要让她一步。袭人平时很疼爱宝玉，宝玉对袭人也很依恋，

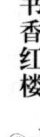

当有人欺负袭人时，宝玉立刻出面保护袭人。宝玉对李奶妈也还是很孝敬的，时常给她老人家送些东西过去，当她有了什么不是的时候，也只好多多担待她老人家了。

《红楼梦》中塑造了几种老嬷嬷的形象，管家的母亲赖嬷嬷就比较受人尊敬，贾琏的奶妈赵嬷嬷，贾琏和凤姐对她也很好。也有迎春的奶妈那样倚老卖老，不守规矩的，竟然偷走迎春的累丝金凤去吃酒赌钱。而李嬷嬷的特点是爱摆老资格，嫉妒年轻人，因此，最好是调整心态，与人为善，过好自己幸福的晚年生活。

第四篇

说不尽的《红楼梦》

百花争艳在红楼

《红楼梦》十大唯美情景

《红楼梦》中的美味佳肴

《红楼梦》中的那些梦

《红楼梦》中的出家人

《红楼梦》中的媒人

《红楼梦》里精彩的片断

从《红楼梦》谈教育理念

贾雨村的风雨人生

分析贾府衰败的原因

百花争艳在红楼

在大观园里，有许多的小花园，有牡丹亭、有芍药圃、有蔷薇院、木香棚、荼蘼架、芭蕉坞，种植着各种各样的植物。人们行走其中，盘旋曲折，抚石依泉，如同在画中行。

宝玉的怡红院有碧桃花、西府海棠、满架蔷薇，院中点衬几块山石，种着数本芭蕉。那棵西府海棠，花开娇艳，其势若伞，丝垂翠缕，葩吐丹砂。西府海棠是花中神仙，在含苞欲放之时，花蕾红艳，似胭脂点点。特别是花开到一半的时候，花瓣的背面是深粉色，正面是浅粉色，两种色彩深浅不一，交相辉映，又有碧绿的叶子衬托，更加妩媚动人，贾政带领着众人到园中各处题诗，见到这么漂亮的花，大家称赞道："好花，好花！从来也见过许多海棠，哪里有这样妙的。"

蔷薇花是园林中常见的花卉，唐代的高骈在《山亭夏日》这首诗中道："绿树阴浓夏日长，楼台倒影入池塘。水晶帘动微风起，满架蔷薇一院香。"龄官在蔷薇花下画蔷的情景，成为红楼当中又一个唯美的画面。妙龄的少女，与公子贾蔷有情，又不知为何，来到了满架的蔷薇花下，在地上画着"蔷"字，那蔷薇正是花叶茂盛之际，映衬着龄官更觉得美丽。只见她是"眉蹙春山，眼鬟秋水，面薄腰纤，袅袅婷婷。"

湘云和翠缕来到大观园，看到了水面上含苞欲放的荷花，还没有到"接天荷叶无穷碧，映日荷花别样红"的盛花期。而在《红楼梦》第四十回，已是到了秋天，贾母带领着大家坐着船游览大观园，宝玉看到水里有许多的残荷叶，觉得应该叫人拔了去，黛玉说喜欢唐代诗人李商隐的"留得残荷听雨声"这句诗。宝玉一听果然是好句，又见林妹妹喜欢荷叶，也跟着喜欢起来了。

火红的石榴花开了，翠缕跟湘云说起石榴花，翠缕道："他们那边有棵石榴，接连四五枝，真是楼子上起楼子，这也难为它长。"湘云道："花草也是同人一样，气脉充足，长的就好。"在日常生活中，石榴花很常见，楼子花却不常见。石榴花的红色特别好看，宝钗和香菱都喜欢穿石榴裙，香菱和小伙伴们玩斗草的游戏，刚穿上的新裙子就弄脏了，宝玉担心她会被薛姨妈数落，想到袭人也有一条石榴裙，就回怡红院找她。袭人和香菱平时就是十分要好的姐妹，急忙拿了裙子就和宝玉一起来找香菱，一边嗔怪她太淘气了，一边给香菱换上漂亮的石榴裙。

贾芸给宝玉送来了两盆白海棠，诗社举办咏白海棠的活动，宝钗的诗中有这样的好句："淡极始知花更艳，愁多焉得玉无痕。"含蓄浑厚，温文尔雅。黛玉有诗句："偷来梨蕊三分白，借得梅花一缕魂。"风流别致，佳句难得。这是诗社的第一次活动，由此得名海棠诗社。第二天，湘云来了，见大家都作了诗，不甘心落后，也要加入诗社。湘云即兴赋诗两首，其中有诗云："蘅芷阶通萝薜门，也宜墙角也宜盆。"众人称赞不已，湘云道："明日先罚我个东道，就让我先邀一社可使得？"因此，又引出螃蟹宴咏菊花诗的盛会。湘云将提前拟好的题目公布出来，众人看了十二首题目，各自在心中打着诗稿。黛玉拿着钓竿钓鱼，宝钗手里拿着一枝桂花，俯在窗槛上，探春立在垂柳阴中看鸥鹭，湘云出一回神，又去招呼袭人等吃螃蟹。一会儿，十二首菊花诗都全了，有人拿来了一张雪浪笺，一并誊录出来。大家一起欣赏着，湘云在诗中道:"隔座香分三径露,抛书人对一枝秋。"黛玉咏菊花诗道:"孤标傲世偕谁隐,一样花开为底迟?"还有"毫端蕴秀临霜写,口齿噙香对月吟。"大家评论欣赏了一番,虽然探春、宝钗、湘云、宝玉各有警句,若论诗才,还是首推黛玉。最后,由李纨评出《咏菊》为第一,林潇湘魁夺菊花诗,宝玉听了,特别开心,称赞李纨评得极公道。

  金秋时节,桂花飘香,宝玉折得两枝桂花,花瓶里盛上水,插好鲜花,给贾母和王夫人送去,请她们欣赏。看到宝玉如此孝敬有礼,贾母和王夫人高兴得不得了,连连称赞。

  在雪花飘舞的冬天,诗社又迎来了一批新成员。姐妹们开始商量着诗社的新活动,在芦雪庭相聚。大家开始联句,这回又是宝玉落了第,李纨提出罚宝玉去栊翠庵折一枝红梅来插瓶。罚得真是又雅又有趣,宝玉也很乐意,忙吃了一杯酒,迎着雪花去寻梅。妙玉门前栊翠庵中有十数株红梅如胭脂一般,映着雪色,显得分外精神。一会儿,只见宝玉笑嘻嘻地走来,带来了一枝梅花。"原来这枝梅花只有二尺来高,旁有一横枝纵横而出,约有五六尺长,其间小枝分歧,或如蟠螭,或如僵蚓,或孤削如笔,或密聚如林,花吐胭脂,香欺兰蕙。"邢岫烟、李纹、薛宝琴分别以红梅花三字为题目,各作一首诗。其中薛宝琴的梅花诗道:"疏是枝条艳是花,春妆儿女竞奢华。闲庭曲槛无馀雪,流水空山有落霞。幽梦冷随红袖笛,游仙香泛绛河槎。前身定是瑶台种,无复相疑色相差。"

  生活在荣府的金钗们,正是如花的青春好时光。以花喻人,这是我国自古就有的文化传统。在寿怡红群芳开夜宴时,金钗们玩起了掣花签的游戏。宝钗掣的是艳冠群芳的牡丹花,探春掣的是瑶池仙品杏花,李纨掣的是霜晓寒姿的梅花,湘云的是一枝香梦沉酣的海棠,麝月的是一枝茶蘼花,香菱的是并蒂花,袭人的是桃红又是一年春的桃花,黛玉的是一枝风露清愁的芙蓉花。虽然这是日常生活中有趣的游戏,可却和每一位金钗的性格和命运息息相关。人也如花,花也似人。黛玉特别爱花,与花相关的故事情节也很多,宝黛桃花树下共读西厢，花瓣纷纷飘落，成为最为经典的画面。潇湘馆的后院里还有一株梨花，梨花纯洁而又易于飘零，在古典文学中的意象是惆怅的，梨花一枝春带雨，也很像是爱哭的黛玉，娇弱凄美，多愁善感的林妹妹是"闲静时如娇花照水，行动处似弱柳扶风。"即使是哭泣也还是那样美，难怪宝玉那么怜惜疼爱她，梨花、竹子、芭蕉，构成了诗人的居住环境，见证着绛珠仙草的还泪历程。

《红楼梦》十大唯美情景

在《红楼梦》当中，塑造了众多的女性形象，她们性格不同，形态各异，共同组成了丰富多彩的生活。那些美好的情景，已经成为了经典画面，深深地印在了读者的记忆中。如果一定要问谁才是最美的那一个？答案就是：你心中最爱谁，谁就是最美的那一个。

黛玉葬花

提起黛玉来，印象最为深刻的当属葬花了。虽然《红楼梦》中有三处写到葬花，其中黛玉就有两次葬花，前一回轻松自然，后一回就比较悲观伤感。相比之下，还是三月桃花树下这个场景最美。

这一天，宝玉独自一人来到沁芳闸桥边，在桃花底下一块石上坐着，偷偷地看《会真记》，忽然一阵风过，桃花纷纷落下，桃花雨落到书上，落到衣服上，宝玉兜了那些花瓣撂到水面上。正在这时，林黛玉也来了，只见她"肩上担着花锄，锄上挂着花囊，手内拿着花帚。"这是一幅多么美的画面啊，好似下凡的仙女翩翩而来。原来她是来扫落花的，和宝玉一样，都不忍看到花瓣遭到践踏。在言谈之间，黛玉发现了宝玉手上的禁书，宝玉见瞒不过去，只得把书递给了黛玉。没想到黛玉越看越爱看，一边还在心里默记好词佳句。黛玉看书入了迷，宝玉看黛玉也入了迷。宝黛在桃花树下共读西厢的情景，也成为《红楼梦》当中的标志性经典画面。后来，他们一起把那些飞落的桃花埋在了洁净的土里，来慰藉自己那爱花惜花的心情。

宝钗扑蝶

在芒种节这天，园中的众多女孩子们，都打扮得桃羞杏让，燕妒莺惭，在为花神饯行。只见满园绣带飘扬，花枝招展，真是特别的漂亮。

大家正玩得开心，宝钗见只有黛玉不在，就到潇湘馆寻黛玉来和大家一起玩耍。当看到宝玉前面已经进门了，宝钗为了避免嫌疑，就想去找别的姐妹们玩。"正在这时，忽见前面一双玉色蝴蝶，大如团扇，一上一下的迎风翩跹，十分有趣。宝钗意欲扑了来玩耍，遂向袖中取出扇子来，向草地下来扑。只见那一双蝴蝶忽起忽落，来来往往，穿花度柳，将欲过河。倒引的宝钗蹑手蹑脚的，一直跟到池中的滴翠亭，香汗淋漓，娇喘细细。"

这一段美文，描绘出了宝钗动态的美，表现出青春美少女天真烂漫的情趣，因为宝钗平时是端庄稳重，所以她的活泼可爱之处，就更加引人注目，这是多么美好的快乐时光。蝴蝶围绕着美人翩跹飞舞，美人手拿着扇子，追逐着蝴蝶，作者把宝钗比喻为千娇百媚的贵妃，只见她香汗淋漓，娇喘细细，那样香艳妩媚的情景，是那么动人。

湘云醉卧

憨湘云醉眠芍药裀，这一回描写出湘云的健康美。湘云性格豪爽，心直口快，又喜欢饮酒，颇有魏晋风度。这天，正当宝玉过生日，众人都来祝贺，言谈当中，大家才知道今天也是平儿的华诞，还有宝琴和岫烟，他们四人是同一天的生日。大家顿时兴奋了起来，于是，一起凑钱来给寿星们过生日，

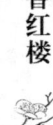

在红香圃三间小敞厅内摆下宴席。因为贾母、王夫人等都出门在外，众人更加轻松自在，吃酒划拳，满厅中红飞翠舞，玉动珠摇，真是十分热闹。湘云更是活跃，玩得特别开心。一会儿，众人见湘云不在这里，只当她到外面去玩了。

有一个小丫头笑嘻嘻地进来和大家说，快去瞧云姑娘吧，大家悄悄地走来，"果见湘云卧于山石僻处一个石凳子上，业经香梦沉酣。四面芍药花飞了一身，满头脸衣襟上皆是红香散乱，手中的扇子在地下，也半被落花埋了，一群蜂蝶闹穰穰的围着他，又用鲛帕包了一包芍药花瓣枕着。众人看了，又是爱，又是笑，忙上来推唤挽扶。湘云口内犹作睡语说酒令，唧唧嘟嘟说：'泉香而酒洌，玉盏盛来琥珀光，直饮到梅梢月上，醉扶归，却为宜会亲友。'"一个美人醉酒在花间，自是别有一番情趣，旁边都是美丽的芍药花。这是多么唯美的画面。不由地让人更加喜爱湘云了。

龄官画蔷

龄官画蔷的故事，是在第三十回当中。一个夏日的午后。宝玉正在大观园里走着，只觉得满耳蝉声，静无人语。刚到了蔷薇花架，听到有哽噎之声，宝玉很是好奇，隔着蔷薇花的花叶往里一瞧，只见一个女孩子正拿着簪子在地下抠土，就以为她也是要学着黛玉葬花。宝玉认为葬花的专属权是黛玉，倘若别的人再去模仿，那就是东施效颦。可再仔细一看，却是在写字，并且反复写了几十个蔷薇花的"蔷"字，宝玉又以为她是在作诗填词。"只见这女孩子眉蹙春山，眼颦秋水，面薄腰纤，袅袅婷婷，大有林黛玉之态。"宝玉本就怜香惜玉的，此时，更是心疼起这女孩子，宝玉的心是善良的，这也是他的可贵之处，看不得别人伤感，真恨不得替她分担一些过来。

忽然间，下起了雨，宝玉急忙叫她避雨，夏天的蔷薇花正是花繁叶茂之时，那蔷薇花下的女孩，到底有什么样的心事呢？

莺儿编篮

　　莺儿和蕊官说说笑笑，正在去潇湘馆的路上，走到了柳叶渚，莺儿见柳叶才吐浅碧，丝若垂金，便采了许多嫩嫩的柳条，让蕊官拿着，莺儿开始编起了花篮，边走边采摘几枝花，不一会儿，就编出一个玲珑过梁的篮子。小小的花篮，柳条上还带着嫩绿的叶子，里面放上各色的鲜花，真是别致有趣。蕊官喜欢得不得了，笑着对莺儿说："姐姐送给我吧"，莺儿道："这一个咱们送林姑娘，回来咱们再多采些，编几个大家顽。"

　　她们来到了潇湘馆，黛玉正在晨妆，见了这样小巧玲珑的新鲜花篮，很是喜爱，笑着夸赞莺儿手巧。

袭人绣花

　　宝钗来到了怡红院，只见宝玉穿着银红纱衫子，正在睡午觉，袭人坐在身旁，手里做着针线，宝钗和袭人说了几句话，又看她做的什么活儿。"原来是个白绫红里的兜肚，上面扎着鸳鸯戏莲的花样，红莲绿叶，五色鸳鸯。宝钗道：'嗳哟，好鲜亮活计！这是谁的，也值得费这么大工夫？'"袭人说是给宝玉做的，现在天气热起来了，夜里睡觉，即便有时被子盖不严些，因为有了兜肚，也就不会着凉了。

　　柔媚姣俏的花袭人，真是体贴入微，疼爱着宝玉，守护着宝玉，宋代词人柳永的《定风波》中说道："针线闲拈伴伊坐"，那也是女子们向往的幸福生活场景。

晴雯补裘

　　勇晴雯病补雀金裘，这一回着重表现了晴雯的义气和高超的技艺。贾母给了宝玉一件昂贵的雀金呢，是俄罗斯国拿孔雀毛拈了线织的，只见金翠辉煌，碧彩闪灼。宝玉穿着外出，到了晚间回来，着急地说，后襟子上烧了个洞，

因王夫人嘱咐仔细着穿，别遭踏了衣服，可是，明天还有重要的场合，必须穿着这件去。麝月忙派人去外面织补，回来的人说，外面的裁缝等无人敢揽。晴雯不顾自己正在病中，挣扎着起来，挑灯夜战，精心织补。宝玉连忙命人拿靠枕，一会儿让歇一歇，一会儿又问喝水吗？直听到自鸣钟已敲了四下，方才补完。心灵手巧的晴雯，替怡红公子解忧。

宝琴立雪

冬天，下起了大雪，众人簇拥着贾母从暖香坞出来，"忽见宝琴披着凫靥裘站在山坡上遥等，身后一个丫环抱着一瓶红梅。"正是琉璃世界白雪红梅，这样美的情景，引起了贾母的喜悦之情，笑道："你们瞧，这山坡上配上她的这个人品，又是这件衣裳，后头又是这梅花，像个什么？"众人都说像是仇十洲画的《双艳图》。贾母自豪地说，那画上哪里有这样的衣裳，人也没有这么好。第二天贾母又亲自嘱咐惜春，一定要把宝琴在雪中与梅花的美景，一笔都不能错地画在画上。只是不知，后来惜春有没有画好？

香菱斗草

香菱斗草的故事，是在"呆香菱情解石榴裙"这一回里，香菱和芳官、蕊官、小螺等几个人，在园中采了许多的花草，坐在花草堆中斗草，观音柳对罗汉松，君子竹对美人蕉，星星翠对月月红。这个说："我有《牡丹亭》上的牡丹花。"那个又说："我有《琵琶记》里的枇杷果。"荳官便说："我有姐妹花。"众人说不上来，香菱便说："我有夫妻蕙。"荳官就和香菱开起了玩笑，香菱笑着要打她，二人滚在草地上。众人见香菱的新裙子弄脏了，都笑着跑散了。

宝玉也采来了些花草，来与她们斗草。宝玉对香菱说："你有夫妻蕙，我这里倒有一枝并蒂菱。"香菱和小伙伴们斗草，也算是赢了，只是可惜了新新的石榴红绫裙了。

群芳夜宴

　　宝玉过生日的这天晚上,怡红院的女孩子共同集资,要单独给宝玉庆贺,摆好了宴席,她们想起来玩占花名这个游戏,为了更加热闹一些,袭人、晴雯她们将黛玉、宝钗等众人都请到了怡红院,大家一起玩起了掣花签的游戏。宝钗掣出的是艳冠群芳的牡丹花,诗云:"任是无情也动人",芳官唱了一支《赏花时》祝贺。探春掣的是写着瑶池仙品的一枝杏花,诗云:"日边红杏倚云栽"。大家一边说笑,一边吃酒,热闹又有趣。接着,李纨掣的签上画着一枝霜晓寒姿的老梅,也有一句诗:"竹篱茅舍自甘心"。湘云掣的是一枝海棠,题着"香梦沉酣"四字,诗道:"只恐夜深花睡去"。黛玉掣出的签上画着一枝芙蓉,题着"风露清愁"四字,诗道:"莫怨东风当自嗟"。麝月掣的是一枝荼蘼花,香菱掣的是并蒂花,袭人的是一枝桃花。

　　夜已深了,住在外面的姑娘们也都回去了。怡红院的女孩子尽情地欢乐起来,又开始喝酒、猜拳,每人还唱了小曲儿,这酒喝得畅快,这酒喝得豪迈,这真是她们难得的无拘无束、无忧无虑的快乐时光。

第四篇 说不尽的《红楼梦》

《红楼梦》中的美味佳肴

《红楼梦》博大精深，内涵丰富，其中也包括了中华传统文化当中的饮食文化。贾府这样的钟鸣鼎食之家，日常生活更加精致，更加讲究，书中有许多的美味佳肴约180种，让我们一起去看看那些红楼美食。

在《红楼梦》当中，最让人们记忆深刻的一道菜就要数茄鲞了，凤姐给刘姥姥搛了些茄鲞喂到她口中，刘姥姥笑道："别哄我了，茄子跑出这个味儿来了，我们也不用种粮食，只种茄子了。"众人都道这真的是茄子。刘姥姥又吃了一口，细细地品味，只觉得有一点儿茄子的香，吃着还是不像茄子。刘姥姥想知道这道菜的制作方式，回到家也照着样儿做。凤姐笑着告诉了制作的过程："先把茄子皮削了，然后切成碎钉子，用鸡油炸了，再用鸡脯子肉并香菌、新笋、蘑菇、五香腐干、各色干果子，都切成钉子，拿鸡汤煨干，将香油一收，外加糟油一拌，盛在磁罐子里封严，要吃时拿出来，用炒的鸡瓜一拌就是。"刘姥姥听了很是惊叹，茄子倒要十来只鸡来配。茄鲞这道菜的配料，并不是多么珍贵的食材，制作工艺也不是要求多么高，只是工序有些过于烦琐了。

贾母在大观园宴请大家，酒后，贾母带着刘姥姥散闷，欣赏着如画的风景，告诉她这是什么树,那是什么花。这时,丫环们端了两个小捧盒,里面是藕粉桂糖糕、松穰鹅油卷、螃蟹馅的小饺儿、奶油炸的各色小面果。这是餐后精美的小点心,贾母看到了小饺儿,就问是什么馅儿,婆子们忙回是螃蟹馅儿。贾母却皱眉说:"这油腻腻的,谁吃这个!"只挑选了一块卷子,吃了一半,就递给了别人。刘姥姥喜欢那些玲珑剔透的小面果子,挑了一朵牡丹花样的,又想吃,又舍不得吃,看着那么漂亮的花样,就想带点回去,给大家做花样子,也学着做一些。贾母让她尽管吃,回家时再送她一坛子小面果子。

芳官是贾府里学唱戏的,戏班子解散之后,分配到怡红院当差,芳官年纪小,聪明伶俐,很受宝玉的宠爱。在宝玉生日这一天,她一个人在屋里,因没人叫她去参加宴会,正在生闷气,宝玉回来和她说笑着。这时,只见柳家的派人来给芳官送饭,小燕一看:"里面是一碗虾丸鸡皮汤,又是一碗酒酿清蒸鸭子,一碟腌的胭脂鹅脯,还有一碟四个奶油松瓤卷酥,并一大碗热腾腾碧荧荧蒸的绿畦香稻粳米饭。"芳官说道:"油腻腻的,谁吃这些东西。"她爱吃的是虾丸鸡皮汤泡米饭,并二块腌鹅肉。宝玉闻着味觉得好,吃了一个卷酥,又学着芳官用虾丸鸡皮汤泡米饭,感觉十分香甜可口。柳家的为什么特地给芳官做这么可口的饭菜呢?原来她有个女儿名叫柳五儿,想到怡红院工作,正在托芳官说情,后来宝玉果然答应了。

柳家的可不是谁来点菜都答应的,迎春屋里的小丫头莲花儿来和柳家的传话,说是司棋要一碗嫩嫩的蒸鸡蛋,柳家的说今年鸡蛋特别贵,不能给她做。莲花儿不忿,质问柳家的,为什么晴雯姐姐要吃芦蒿,你就给她做了芦蒿炒面筋?还赶着给她送去了?柳家的和她解释,自从设立了小厨房,各屋里谁想另外点菜,谁不是另外添钱来?三姑娘和宝姑娘偶然要吃个油盐炒枸杞芽儿,还现派人送来了钱。莲花儿无言可对,回去向司棋汇报情况时,又添加了一篇话,司棋一怒之下带领着小丫头们打砸了小厨房。

李嬷嬷也经常争吃争喝。宝玉去宁府吃早饭,见到了一碟子豆腐皮的包子,想到晴雯爱吃,就派人给她送过去了。话说豆腐皮的包子可不是普通的白面包子，而是一道精致的美食名品：将豆浆煮沸冷却之后，上面结的一层豆皮挑起晾干，用豆腐皮包上虾仁、猪肉、香菇、金针菇、青菜等馅料，拿韭菜或者香菜扎口，再将四个角整理成花朵的形状，上锅蒸十分钟左右，一道营养丰富、味道鲜美的豆腐皮包子就制作完成了。外形很像内蒙古的特色美食稍美，同样也是馅多皮薄，鲜香可口。

宝玉很疼惜晴雯，特地留给她吃。宝玉喝醉了酒，晚上回来之后，问晴雯可曾吃了？晴雯回答说，可巧当时刚吃过了饭，就先搁在那里了。没想到李奶奶来了，看到了豆腐皮的包子，就拿回家给她孙子吃去了。这时，茜雪捧上了茶，宝玉忽然想起早上沏的一碗枫露茶，这茶要沏三四次才能出色。茜雪说李奶奶来了，看见了茶，也要尝一尝，就给她喝了。这个李嬷嬷真是气人，宝玉在薛姨妈家做客时，李嬷嬷就一直给大家添堵，宝玉的怒火终于爆发了，摔了茶杯，要把这个为老不尊的李嬷嬷撵走。可是后来，茜雪倒是因为这事被撵走了，李嬷嬷却还在府里。

正月里，贾妃从宫中赐出糖蒸酥酪来，宝玉想到袭人爱吃，就命人留予袭人了。袭人回娘家探亲去了，李嬷嬷来到宝玉的屋里，问东问西的，女孩子们都不爱搭理她，她看到了糖蒸酥酪就要吃，被别人阻拦，当她听说这是宝玉留给袭人的，越发生气了，一面数落，一面赌气将糖蒸酥酪吃尽。等晚上袭人回来时，酥酪早已不见了。袭人怕宝玉不高兴，连忙推说自己上次吃了酥酪肚子疼，李嬷嬷吃了正好。袭人遇事息事宁人，不愿意招惹是非。其实，李嬷嬷并不仅仅是贪吃，主要是和年轻的女孩子们争宠，争夺在宝玉心中的地位，寻找存在感，以弥补她老人家逐渐被边缘化而产生的失落感。

民以食为天，菜以汤为鲜。宝玉很爱喝汤。在《红楼梦》第八回当中，宝玉到薛姨妈家探望宝钗，席间，宝玉吃了糟鹅掌鸭信，喝了两杯热酒，又痛喝了两碗酸笋鸡皮汤。在第五十二回当中，早上起来，"小丫头便用小茶盘捧了一盖碗建莲红枣儿汤来，宝玉喝了两口。麝月又捧过一小碟法制紫姜来，宝玉噙了一块。"在第五十八回当中，宝玉的饭端上来了，其中有一碗火腿鲜笋汤，宝玉喝了一口，觉得好烫，袭人端起碗，轻轻地吹着汤。在第三十四回当中，宝玉被他老爸毒打之后，在怡红院养伤。他喝了两口贾母送来的汤，只嚷干渴，要吃酸梅汤。袭人想到酸梅是个收敛的东西，这个时候不宜喝。王夫人听说之后，让彩云拿出两瓶露来，鹅黄笺上写着"木樨清露"，另一个写着"玫瑰清露"。一碗水里只用挑一茶匙儿，就香得了不得。王夫人让袭人收好，留给宝玉喝。在第六十二回当中，宝玉过生日时，吃了一碗虾丸鸡皮汤泡米饭。

最让人记忆深刻的还要数荷叶莲蓬汤。众人来看望受伤的宝玉，王夫人问宝玉想吃什么，好派人去做，宝玉说想喝小荷叶儿小莲蓬儿的汤，凤姐听了笑着说："口味不算高贵，只是太磨牙了。"单是银汤模子花样就特别多，明确的食材有鸡、荷叶、莲蓬，还添了另外几样食材，制作了出来。这样一道味道鲜美的汤，让宝玉特别地喜欢。

在贾府中地位最高的是贾母。在饮食方面，也享受着最高的待遇。厨娘柳家的这样说道："也像大厨房里预备老太太的饭，把天下所有的菜蔬用水牌写了，天天转着吃，吃到一个月现算倒好。"可见贾母平常吃饭的规格了。贾母吃饭，还有各房另外孝敬菜的旧规矩。鸳鸯说道："这两样看不出是什么东西来，大老爷送来的。这一碗是鸡髓笋，是外头老爷送上来的。"贾母让把贾赦送来的菜送回去，又嘱咐以后不要天天送，想吃自然会去要。贾母又命人把一碗笋和一盘风腌果子狸给颦儿、宝玉两个吃去，那一碗肉给兰小子吃去，又把粥送给凤姐吃去。贾母喜欢把那些美食分享给自己疼惜的小辈们。

贾母吃饭规矩礼法也多，林黛玉初到贾府的时候，贾母吃晚饭，黛玉和三春左右相陪，李纨捧饭，熙凤安箸，王夫人进羹。旁边丫环执着拂尘、漱盂、巾帕，都安静地不出声音。读者不禁有一个疑问，为什么有这么多的丫环在场，还需要王夫人等亲自在旁侍候贾母吃饭？这是因为当时的社会习俗就是如此。还未出嫁的姑娘在家里地位最高，媳妇们伺候婆婆吃饭。吃饭时座位的位置也很讲究，长者和贵客为尊，坐在上座，这样的传统习惯保留了下来，直到今天，仍然在使用这样的座位排列规则。

　　大观园里，在探春的号召下，成立了海棠诗社，湘云作东，邀请大家在藕香榭吃螃蟹宴。山坡下桂花也开了，河里的水又碧清，湘云和凤姐招呼着众人吃螃蟹。长辈们吃完饭先回去了，大家开始作菊花诗，真是各有佳句，各显才情。后来，又作了咏螃蟹的诗。雪花飘飞的冬天，在芦雪庭举办大家即景联诗活动，宝玉和湘云烧烤鹿肉，倒也十分热闹。不过，有的人特别爱吃烧烤，有的人却不大爱吃。这些大型的诗词活动参与的人很多，场面也很热闹。美食、美酒、美景、美人，这样的生活令宝玉为之畅快，特别是宝玉的生日宴，更加热闹，有诗相伴，更添雅兴。

　　在《红楼梦》当中，有许多的宴会，有生日宴、有节日宴、还有各种各样的宴会，活动丰富多彩，有说书的、有唱戏的、还有讲笑话的，有伴随着悠扬的音乐的、还有击鼓传花的，每一场宴会主题不同，活动内容也不同。穿插期间的红楼人物和红楼故事，推动了情节的发展，真是各具特色。当然，各种各样的美食也是必不可少的，也为我们保留了一份红楼美食文化。如果点一桌红楼美味佳肴，你会点哪些菜呢？

《红楼梦》中的那些梦

  在《红楼梦》中有许多的梦,各种各样的梦境随着故事的展开,起到了推动情节发展的作用,有惊险的梦,也有美好的梦。香菱学诗,在梦中得句,写出了令大家刮目相看的好诗,得到众金钗的夸赞;湘云醉卧芍药茵,睡梦中还在说着酒令,真是让人又爱又笑;万儿母亲的锦绣之梦,锦上是五色富贵不断头"卍"字的花样,因此,给女儿取名卍儿;凤姐说夜里梦到被人强行夺锦,接着,就有夏太府打发了一个小内监前来借银子,搜刮钱财;尤二姐梦见尤三姐,美丽的姐妹花被风雨摧折;柳湘莲梦到尤三姐诉说一片痴情,痛惜自责之情难以解脱,出家远游去了。在《红楼梦》前八十回当中,写到梦的地方有很多,红楼之梦,有多少酸甜苦辣,让我们也开始红楼寻梦之旅。

  甄士隐梦幻识通灵开启了红楼之梦,姑苏城的甄士隐禀性恬淡,不以功名为念,只以观花修竹,酌酒吟诗为乐。若神仙一流人品。这天,他正在书房看书,困倦之时,渐渐地进入梦境之中,见一僧一道说起灵河岸上三生石畔的事情,赤瑕宫神瑛侍者以甘露灌溉绛珠草,后来,绛珠草得天地精华修成女体,引出还泪的故事。甄士隐又听得他们说起"蠢物",十分好奇,上前施礼,请教二位仙师,一僧一道不肯泄露天机,甄士隐与那"蠢物"原有一面之缘，因此得见，原来是一块鲜明美玉，上面字迹分明，正待仔细端详，却被那一僧一道将美玉夺了去。说是已到"太虚幻境"。忽听得一声霹雳，甄士隐从梦中惊醒，却见烈日炎炎，芭蕉冉冉。梦中的事情也因惊吓忘得差不多了。甄士隐抱着女儿走到街上，遇到了一僧一道，他们说些疯话，还要甄士隐把女儿舍给他们，甄士隐当然不给，又听一僧一道说，三劫后在太虚幻境相会。甄士隐的梦境有如神话一般，却似梦似真，点出了宝玉和黛玉的前世情缘，梦里梦外都有一僧一道，并且都提到了太虚幻境。

在《红楼梦》第五回当中，宝玉在睡梦中神游太虚幻境，随着仙姑参观了"薄命司"，有对联曰："春恨秋悲皆自惹，花容月貌为谁妍？"翻看了金陵十二钗正册、副册、又副册，才看了其中的一部分，仙姑知他天分高明，性情颖慧，恐怕仙机泄漏，不肯给他全看。原来这是宁荣二公之灵嘱托警幻，令宝玉觉悟，使其今后喜爱读书，继承整顿家业。宝玉恍惚间又去了一处，只见珠帘绣幕，画栋雕檐，仙花馥郁，异草芬芳，又有十二个舞女上来，演唱了《红楼梦》十二支曲。警幻将名为兼美的妹妹许配宝玉，其鲜艳妩媚，有似宝钗，风流袅娜，又如黛玉。宝玉与兼美十分恩爱，这天，警幻携宝玉和兼美正在闲游，忽有怪物扑来，宝玉大声喊叫，从梦中惊醒。袭人等急忙过来扶着，宝玉梦醒时分，只觉得迷迷糊糊，若有所失。这是一个很长的梦，预告了各位金钗的命运，由于八十回后的文本遗失，读者无从得知后来的故事，第五回的人物判词和歌曲，是人物结局的重要提示。有了宝玉这个梦，使读者能够提前预知结果，而宝玉本人对于梦境似乎不大记得。

秦可卿临终之前给凤姐托梦，因和凤姐是闺蜜，十分要好，前来辞别，只是还有一件心愿未了，可卿觉得凤姐是个脂粉队内的英雄，连那些男子都比不上她能干，故来托付。可卿说道："月满则亏，水满则溢。又道是登高必跌重。如今我们家赫赫扬扬，已将百载，一日倘或乐极悲生，若应了那句'树倒猢狲散'的俗语，宁不痛杀！岂不虚称了一世的诗书旧族了！"凤姐问她可有什么办法拯救。可卿提出二条切实可行的建议，富贵之时也要考虑将来如果败落下来的退路,要未雨绸缪。接着,可卿预告了贾府最近将要有一件大喜事,真是烈火烹油、鲜花着锦之盛。不过,这也是瞬息的繁华,短暂的欢乐。可卿是重孙媳妇,辈分最小,对于贾府的未来充满忧虑,居安思危,有这样的思想认识高度,可以说是高瞻远瞩,真是令人敬佩。可卿看重凤姐的才干,只可惜凤姐并不在意,没有照办,也不告诉别人去办理,凤姐协理宁国府,大展自己的管理才能,早将托梦之事忘记了。

这日午间,宝钗来找袭人说话,宝玉在睡午觉,袭人坐在床边做针线,是给宝玉绣鸳鸯戏莲花样的兜肚,袭人跟宝钗说出去稍走一下就回来。宝钗看那针线鲜艳可爱,随手拿起来替她绣花,才做了两三个花瓣,忽听得宝玉在睡梦中喊道:"和尚道士的话如何信得?什么是金玉姻缘,我偏说是木石姻缘!"宝钗听见梦话,不觉怔了,她并不知道木石姻缘是怎么回事,自己的金玉良缘之说,的确是和尚说下的。可是,这世上有玉的人很多,姻缘究竟在哪里,也很难说。尽管婚姻大事是由母亲和长辈们来决定,也许有些事情,还要看天意如何安排,岂是人力可为的。

林红玉的梦是日有所思,她听到贾芸在窗外叫她,说是拾到了她的手帕,一面说着话,一面过来拉她,她回头一跑,被门槛子绊了一跤,红玉从梦中惊醒,若不是下一回交待清楚,读者还真不知道这原来是梦,以为真的是贾芸来找她,这也是她情思缠绵所梦。不过,并不是所有的梦都落空,红玉就梦想成真了,她和贾芸蜂腰桥设言传蜜意,痴女儿遗帕惹相思。眉目传情,又以小坠儿为媒,互换手帕,小坠儿还太小,还不懂得传手帕的意义,是在无意之间促成了一段良缘。

更为有趣的是贾宝玉的梦中之梦,江南甄府来人了,是奉旨进京,先来请安的四位管家娘子看到宝玉,很是惊奇,若不是在贾府,就以为是自己家的宝玉也上京来了,大家说起来,不但名字和模样相同,就是性情淘气不喜读书等都是一样的。宝玉去找湘云,谈起此事,湘云却说,从古至今,模样一样的人很多,名字相同的更多。宝玉心中疑惑,回到房中,在榻上还在想

着这件事，不知不觉间睡着了。他来到了一座花园，进了仿佛是怡红院一样的屋里，看到榻上有个少年，正和姐妹们说起刚才也做了一个梦，宝玉一听，他说的几个姐姐，就是自己刚才梦中所遇到的情形。还说去找宝玉，可是他却睡着了。宝玉急忙上前说道："我因找宝玉来到这里。原来你就是宝玉？"正在这时，有人传话，说是老爷叫宝玉，一个宝玉就走，另一个宝玉喊道："宝玉快回来，快回来！"袭人听见宝玉喊，急忙推醒他，麝月说这是床边的镜子照着影的原因。

也许江南甄府才是曹雪芹的真实家事，甄家曾经接驾四次。这一回来贾府，送来的礼物也是华美富丽的各色缎纱绸绫，贾宝玉和甄宝玉在梦中相会，两个宝玉将来的人生道路是否相同？在前八十回没有看到。从镜中幻影的意象来看，其实是同一个人，也许是理想与现实的两种反映。我们也常常会遇到这样一种情形，在思考如何选择人生道路的时候，内心会有两种不同的声音在说话，是两种假设只能选择其一的犹豫不决，是在衡量其中的利弊得失问题。因此，我认为，两个宝玉的人生道路必定会截然不同，否则，塑造这一人物形象的作用就不大，这正是如梦如幻人生的真实反映。

《红楼梦》中的出家人

在《红楼梦》这部作品中，有各种各样的出家人，他们或者智慧、或者神秘、或者冷淡、或者济世救人，真是形形色色，很不相同。

在开篇的神话里，女娲氏炼石补天，剩余一块石头，弃在大荒山青埂峰下，正当顽石惭愧自己无材可去补苍天时，见一僧一道远远而来，生得骨骼不凡，丰神迥别。先是说些云山雾海、神仙玄幻之事，后便说到红尘中荣华富贵。石头听得凡心偶炽，也想去那人世间享受荣华富贵。便请求一僧一道大发善心，那僧念起咒语，大展幻术，将石头变成一块鲜明莹洁的美玉。那僧笑道："须得再镌上数字，使人一见便知是奇物方妙。然后好携你到那昌明隆盛之邦，诗礼簪缨之族，花柳繁华地，温柔富贵乡去安身乐业。"这就是宝玉常佩带的那块玉石。

茫茫大士、渺渺真人将那玉石携入红尘，又过了几劫几世，空空道人访道求仙路过此地，看到了这块大石，见上面字迹分明，就和石头有一番精彩的对话，空空道人终于被石头说服了，便如实地将故事抄录了下来，去问世传奇。这就是《红楼梦》的来历。

在十二金钗中，栊翠庵的妙玉是一位带发修行的女孩，她性格孤僻，情

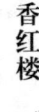

趣高雅，只和几个她比较喜欢的人物交往。

在中秋之夜，妙玉被那悠扬的笛声所吸引，也出来走一走，欣赏一轮明月，听到湘云和黛玉联诗道："寒塘渡鹤影，冷月葬花魂。"妙玉从山石后走出来止住，她说诗虽好，只是过于颓败凄楚。她将二位请到了栊翠庵，又饶有兴趣地续诗，意欲翻转前面凄楚之句的意境，诗的最后几句道："钟鸣栊翠寺，鸡唱稻香村。有兴悲何继，无愁意岂烦。芳情只自遣，雅趣向谁言。彻旦休云倦，烹茶更细论。"妙玉高兴地说道："如今收结，到底还该归到本来面目上去。若只管丢了真情真事且去搜奇捡怪，一则失了咱们的闺阁面目，二则也与题目无涉了。"这几句话说明，她内心深处是把自己看成闺阁中的千金小姐的，并没有把自己看成是出家人。

妙玉祖上也是读书仕宦之家，从她拥有的珍贵的古董茶具来看，她很有钱，可是，又因不合时宜，离开了家乡，几经周折投到了荣国府，她是如何走进空门的呢？原来这个女孩子从小多病，家人找了很多的替身都不管用，到底自己亲自入了空门才好了，出家的原因是为了身体健康，不得已才出家。虽然她对刘姥姥的态度不是很好。可是，妙玉其实也是有慈悲心的，只是要与她十分投缘才行。人与人之间的交往，讲的就是一个缘字，如闲云野鹤一般的邢岫烟就是她的女学生，从小家境贫寒，又与妙玉为邻居，所学的字都是妙玉所教。大观园诗仙们开诗社，宝玉踏雪寻梅从妙玉的栊翠庵弄来了一枝红梅花，邢岫烟也作了一首诗，写出"看来岂是寻常色，浓淡由他冰雪中"的诗句。说明妙玉的确是一个极好的家庭女教师。

雪天里栊翠庵的美景，是通过宝玉的视角呈现的。宝玉"走至山坡之下，顺着山脚刚转过去，已闻得一股寒香拂鼻。回头一看，恰是妙玉门前栊翠庵中有十数株红梅如胭脂一般，映着雪色，分外显得精神，好不有趣！"栊翠庵里的妙玉仿佛是梅花仙子下凡而来。疏影横斜，暗香浮动的梅花，是妙玉精神世界的象征。

十二金钗中的另一位金钗惜春后来也出家了，她是贾敬的女儿，小时候常同水月庵的小尼姑智能儿玩耍，周瑞家的送来了宫花，惜春笑道："我这里正和智能儿说，我明儿也剃了头同她作姑子去呢，可巧又送了花儿来。若剃了头，把这花可戴在那里？"

惜春年龄虽小，性格却是很孤僻，心冷口也冷，天生有一种百折不回的牛劲。她虽然有入佛门的决绝之心，却没有佛家弟子应有的慈悲为怀之心。

在抄检大观园的时候，一群人来到惜春的住处，查出入画私自传递保存东西。其实这只是一个小错误，凤姐都原谅了入画，说道谁还没有个犯错的时候，以后别再私自传递就行了。可惜春却执意要罚。第二天尤氏也过来证明，入画保存的那些东西，确实是贾珍赏入画哥哥的。惜春觉得丢了自己的体面，她冷酷无情，只求自保清白，咬定牙断乎不肯留下自己的丫环入画。惜春对于入画的态度非常之冷漠，说道："快带了她去。或打，或杀，或卖，我一概不管。"入画听说，又跪下哭求，说："再不敢了。只求姑娘看从小儿的情常，好歹生死在一处罢。"尤氏和奶娘等一群人也帮助说情，想把入画留下来。惜春说，之所以舍得入画，是因为心中早已了悟。尤氏道："可知你是个心冷口冷、心狠意狠的人。"惜春道："古人曾也说的，'不作狠心人，难得自了汉'。我清清白白的一个人，为什么教你们带累坏了我。"惜春和宁国府的人划清了界限，后来又与红尘划清了界限，终于出家做了尼姑。她的判词这样说道："勘破三春景不长，缁衣顿改昔年妆。可怜绣户侯门女，独卧青灯古佛旁。"

在《红楼梦》中，第一位出场的金钗就是甄士隐的女儿英莲，这孩子生得粉妆玉琢，乖觉可喜。甄士隐抱着小英莲走出家门，只见远远地来了两个人，一位是跛足道人，一位是癞头僧人，那僧便哭起来，对着甄士隐道："施主，你把这有命无运，累及爹娘之物，抱在怀内作甚？"又说些疯话，"舍我罢，舍我罢！"天下做父母的都是爱孩子的，甄士隐当然不理睬。那僧又道："惯养娇生笑你痴，菱花空对雪澌澌。好防佳节元宵后，便是烟消火灭时。"这小英莲就是后来到了贾府的香菱，香菱真是最可怜的一位金钗了，只因从小被拐，从此过着苦难的童年生活。很显然，那一僧一道是知道香菱的命运的，可是，并没有施展法力去拯救这个小女孩子。只是做了一些预告，况且他们疯疯癫癫的，谁肯相信他们说的那些疯话呢？

　　林黛玉在初进荣国府时，众人见她怯弱不胜，便知她有不足之症。就问她为何不早疗治？黛玉笑答，从小自会吃饭就吃药，请了多少名医修方配药都不见效果。在三岁那年，来了一个癞头和尚，要化黛玉出家，黛玉的父母当然不从。那癞头和尚给开了一个处方，如果想要病能好，第一，从此以后总不许见哭声；第二，除父母之外，凡有外姓亲友之人，一概不见，方可平安了此一世。黛玉是绛珠仙子化生，绛珠仙子下凡来到人间，主要的任务说的很清楚，就是报恩，而报恩的方式是以一生的眼泪来报答神瑛侍者的浇灌救命之恩情。当然黛玉和宝玉并不知道他们的前世。

　　薛宝钗吃的叫作"冷香丸"的药，是用鲜花制成的药。这个海上方，也是癞和尚说下的。宝钗常发一种病，发起病来就喘嗽，请了多少名医仙药都不见效。幸亏来了一个秃头和尚，说这是胎里带来的一股热毒，凡间的药是不管用的，需得仙方疗治，配药的过程真是烦琐，要难得"可巧"二字，要春天开的白牡丹花蕊十二两，雨水这日的雨水十二钱等，这些琐碎而又奇怪的药方，真够难为人的。所幸这"冷香丸"在发病时吃一丸就好了，药效神奇无比。

　　在《红楼梦》第八回中，宝玉去探望生病的宝钗，看到宝钗的璎珞上也有八个字，"不离不弃，芳龄永继"。宝玉看后，说和自己的玉石上的字"莫失莫忘，仙寿恒昌"恰是一对。莺儿笑道："是个癞头和尚送的，他说必须錾在金器上……叫把这金锁天天带着。"在第二十八回当中又一次提到金锁，是薛姨妈说的，"金锁是个和尚给的，等日后有玉的方可结为婚姻"等语。癞头和尚不仅给了海上仙方，还预言了宝钗的婚姻。金玉良姻是这一僧一道的杰作，他们是导演，此是天意，岂是人力可违的。

　　芳官、藕官、蕊官等出家。是在失去乐园之后，不愿意被卖，也不想由着干娘做主配人，在走投无路的情况下，选择了出家当尼姑。小尼姑智能儿视尼姑庵为牢坑,一心想出去与情投意合的秦钟相好。其他的女孩子出家都是各自有原因。我们可以看出,从太虚幻境来的一僧一道,癞头和尚曾经去度化香菱和林黛玉,都没有成功。黛玉和香菱的父母没有听从和尚的话。

那么,跛足道人情况又如何呢?甄士隐在经历了人生的重大打击之后,对生活感到了绝望,这时他遇到了道人。他本来是有宿慧的,又听了那道人唱"好了歌",顿时彻悟了。甄士隐跟着跛足道人飘飘而去,这是第一位被度化成功的。

贾瑞为声色所迷,病重之时,跛足道人来到他家,给了他一面写着"风月宝鉴"的镜子,并说这是警幻仙子所制,专给那些聪明俊杰、风雅王孙等看照。千万不可照镜子的正面,只能照背面,照三天病就好了。可是,贾瑞没有听从跛足道人的嘱咐,偏偏去照镜子的正面,最后一命呜呼。跛足道人治病救人以失败而告终。

冷面二郎柳湘莲,因为反悔早已定下的婚约,导致尤三姐自刎了,柳湘莲深受刺激,飘忽不定地到处乱走,在一座庙里遇到跛足道士,"却被道人数句偈言打破迷关,竟自削发出家,跟随疯道人飘然而去,不知何往。"

全书中,那一僧一道时隐时现,非常神秘。宝玉和凤姐被马道婆施展妖术中邪了,正当性命攸关的危急时刻,来了一个癞头和尚与一个跛足道人。说贾府内就有可治中邪的宝物,贾政急忙命令家人拿出玉石,那和尚将通灵玉擎在掌上,说道:"青埂峰一别,展眼已过十三载矣!"接着,持诵摩弄一回,说了些疯话,果然,通灵玉除邪成功,宝玉、凤姐渐渐醒了过来,吃了米汤。慢慢地好了起来。

在前八十回当中,宝玉两次说过出家当和尚的话,黛玉笑着打趣说,从此要记着宝玉说出家的次数。宝玉到底后来是在什么情况之下出家的,不得而知。续书中有一些情节提到了,可是,那是后四十回的故事,并不是曹雪芹的原笔原意,当然也没有必要详细探讨了。

《红楼梦》中的媒人

在《红楼梦》所反映的历史时期，婚姻是由父母之命，媒妁之言来决定的，只有这样，才会得到社会的承认和尊重，也才会得到长辈的认可和祝福。否则，就是伤风败俗，为社会规范所不容。在《红楼梦》当中，若谈起媒人来，真是五花八门，什么样的情况都有。有专业的媒婆，也有业余的媒人；有主动去给人做媒的，也有被迫给人做媒的；有的是顺水的人情，有的却是另有图谋，有的说成了亲，有的却遭遇到失败……媒人起到了牵线搭桥的重要作用。

薛姨妈看见邢岫烟生得端雅稳重，是个钗荆裙布的女儿，这样的好女孩，要能成为自己的家人，那有多好啊。可是薛蟠素习行止浮奢，还是不要糟蹋了人家的好女孩。因又想到薛蝌未娶，看他二人倒是一对天造地设的夫妻。薛姨妈和凤姐商量此事，凤姐感到邢夫人难说话，不好沟通，就把这件事说与贾母，请求贾母出面说媒。贾母认为这是极好的事，欣然答应了下来。贾母命人把邢夫人请过来，邢夫人心里想，薛家很富有，薛蝌生得又好，而且贾母又是保山，也就同意了。贾母很高兴，命人把薛姨妈请来，两家的家长当面谈起这件事。邢夫人命人去告诉邢忠夫妇，他老两口当然是极力称赞，这门亲事就说成功了。贾母做成了一件好事，心中自是欢喜。为了将婚事办得更为妥当,贾母把具体的任务交给了尤氏,让她从中料理,嘱咐办事需周全妥当。尤氏接受了任务。

这门亲事,遵从了"父母之命,媒妁之言"的社会规范,婚事由男方家主动提出来,再由媒人从中周旋商量。好在薛蝌和邢岫烟之前曾经见过面,来京的路途中有过一面之缘,他二人心中也很满意,而且众人也都认可他们的人品,给予的都是好评。这是最为如意的一对,他们的美满婚姻也受到众人的祝福。

自从宝琴来到荣国府之后,贾母就特别宠爱她,让她跟着自己一起居住,还给了她金翠辉煌的名贵斗篷。下雪天,贾母和众人出来赏雪,看到山坡上宝玉和宝琴踏雪折红梅花,那样唯美的画面,真比画上的还要好看,心中更加喜爱宝琴。因此,向薛姨妈打听宝琴的年庚八字以及家内景况,薛姨妈料到贾母是想给宝玉说亲,可惜宝琴已经许配给了梅翰林的儿子,急得凤姐说道:"偏不巧,我正要做个媒呢,又已经许了人家。"贾母看中的孙媳妇是宝琴。薛姨妈和凤姐也很赞同。

黛玉的贴身丫环紫鹃,见宝玉和黛玉情投意合,可是,黛玉无父母给做主,将来不知能不能成就这桩姻缘,也不知宝玉的心里究竟是如何想的,就决定试一试他的态度。紫鹃和宝玉说出黛玉要回苏州的话,没想到宝玉听了信以为真,急痛迷心犯了呆病,后来竟不省人事。贾母等众人急得不得了,把紫鹃叫过来,让她解释、安慰,又请医煎药,日夜守护,渐渐才好了起来。这一段情节,因为他们的年龄还小,众人只以为这是兄妹之情,才得以遮掩过去,也没有想到宝玉和黛玉早已心心相印,自由恋爱在当时的社会背景下,是不被允许的。

宝玉病好之后,向紫鹃表达了坚定的决心,他爱黛玉的心是不会变的。紫鹃也向宝玉说出了自己着急的真实原因,她和黛玉相处得特别好,又因她是合家都在这里,若是黛玉远嫁,紫鹃也会跟了去,那样就会弃了本家。她不愿意离开贾府,若是宝黛成婚,就两全其美了。紫鹃像是个小红娘,回至

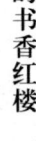

潇湘馆又催促黛玉，和她说一些道理，趁着老太太明白、硬朗，赶紧作定了终身大事要紧，俗话说："万两黄金容易得，知心一个也难求。"如果嫁到外面，未必会如此称心如意。还是早拿主意为好。黛玉心里伤感，她无父无母，婚姻大事谁来给做主，不免又伤心哭泣了一夜。

在慈姨妈爱语慰痴颦这一回当中，黛玉见宝钗在薛姨妈怀里撒娇，一想到自己是没娘的孩子，就流下了眼泪。薛姨妈说，你见我疼你姐姐你就伤心了，岂不知我的心里更疼你，不过怕别人说闲话，见贾母宠爱的人，我们也跟着风似的。黛玉主动认了薛姨妈为娘，薛姨妈也认了黛玉为女儿。后来，黛玉也认了宝钗和宝琴为姐妹。这里，薛姨妈又提起给宝玉说亲的事来，为宝琴已经许了人家而深表遗憾，不然这倒是一门好亲事。又说想给宝玉和黛玉说媒，一句话说得黛玉不好意思起来，紫鹃忙跑过来催促薛姨妈赶紧和王夫人说去，薛姨妈开起紫鹃的玩笑，众婆子们笑道："姨太太竟做媒保成这门亲事是千妥万妥的。"薛姨妈表示，如果把这个想法和贾母说了，贾母一定也是喜欢的。

这件事说明，薛姨妈根本就没有什么"金玉良缘"的打算。否则，还会当众表态，要把黛玉说给宝玉吗？这岂不是自相矛盾吗？再说王夫人和薛姨妈是亲姐妹，又是凤姐的姑妈，私下里有什么事不能商量的，有人说薛家自从进了贾府，就有"金玉良缘"的阴谋，很显然，这种说法是不能成立的。

有的人给别人做了红娘自己还不知道，小坠儿就是在无意中给林红玉和贾芸传递了定情的信物。在这个爱情故事中，有丢手帕、拾手帕、换手帕的情节。换手帕就是通过小坠儿完成的。因她年龄还小，尚处在懵懂时期，以为就是红玉的手帕，替她找到了，再还给她，当然很高兴了。根本理解不了其中的含义，也没有更多的联想。

当时的社会实行的婚姻制度是一夫一妻多妾制，相比于娶妻的过程之烦琐，男子纳小妾就简单得多了。香菱是薛姨妈的丫环，薛蟠想要她，和薛姨妈讨要了一年，摆酒请客名正言顺地纳了妾。秋桐是贾赦的丫环，贾赦见贾琏办事顺了自己的心，便把秋桐赏给了他做妾，他们也就在自己的小家里，摆一桌酒席，妻妾们坐在一起吃个饭，就算了事。同时也是为了给贾琏接风洗尘。

贾雨村当年寄居在葫芦庙里，邻居甄士隐邀请他到自己的书房相谈，正巧有客来访，甄士隐出去相见。这时，贾雨村见窗外有个丫环正在摘花，生得眉目清朗，有些动人之处。那丫环也看到了贾雨村，见他生得这般雄壮，料定此人就是主人常说的贾雨村。便又回头看了两回，贾雨村狂喜不禁，料定此女子必是有意于自己，真是风尘中之知己也。贾雨村得到了恩人甄士隐的资助，上京参加科举而成功。上任之时，看到丫环娇杏正在街上买线，就请人把甄士隐的老丈人封肃叫去问话。次日，便给封肃家送来了许多礼品，答谢甄家娘子当年的恩情，又带来一封密书，要纳娇杏作二房。封肃喜得屁滚尿流，极力地说服撺掇成了此事，一乘小轿，便把娇杏送给了贾雨村。

凤姐的心腹旺儿媳妇，想请凤姐为他们家儿子说媒，他们想说的媳妇是彩霞。彩霞是王夫人的丫环，因年龄大了，王夫人开恩放出彩霞，由她的父母自己做主找人家。旺儿家看上了彩霞，托人去说，没想到被彩霞的父母给拒绝了。他们并不甘心，来求凤姐帮忙。贾琏和林之孝说起这件事情，林之孝认为不妥，原来旺儿家的那小子吃酒赌钱，无所不为。贾琏听了，十分气愤，便不与他说亲。谁知到了晚上，凤姐把彩霞的母亲叫来了，亲自出面说媒，本来彩霞的母亲并不愿意，见凤姐说媒，感觉很有体面，不由得违心答应了下来。彩霞心里不愿意，旺儿之子不但容颜丑陋，还酗酒赌博。她因与贾环有旧，就让妹妹小霞去找赵姨娘问话，贾环的态度是无所谓，一个丫头，去了还会有更好的来，便丢开手，并不在意。赵姨娘却是特别喜欢彩霞，向贾政提出要给贾环屋里放人，贾政说贾环年龄还小，别误了功课，再等二年放人不迟。凤姐说媒是仗势欺人，人家本来不愿意却硬要霸占，岂不是一家欢喜一家愁。

最为尴尬的媒人是邢夫人，竟然去给贾赦和鸳鸯说媒，贾赦儿孙一大堆

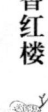

了，还看上了贾母的丫环，邢夫人不听凤姐的劝告，只知奉承贾赦以自保，并亲自出面去跟鸳鸯说，又托了鸳鸯的嫂子从中游说，结果被鸳鸯怒斥。贾赦放出了狠话，说鸳鸯别想逃出他的魔掌，鸳鸯在贾母面前哭诉，誓死不从，拿出剪子就剪头发，表达了不屈服的决心，众人急忙上前拉住。贾母被贾赦的行为气得大怒，感觉这简直是没安好心，指责这是不孝的行为，是在算计老母亲。愤怒之时，迁怒于在场的王夫人。这时，邢夫人来了，贾母在保护鸳鸯不被侵犯的同时，训斥了贾赦和邢夫人的行为，又讲了一番道理，令邢夫人羞愧难当，她从贾母的房间出来，看到了贾琏，恼羞成怒，便冲着贾琏发起了火，骂他出气，以解自己的尴尬。

贾蓉给叔叔贾琏和尤二姐说媒。贾琏和尤二姐一见钟情，情意绵绵，贾琏在贾蓉面前夸赞尤二姐，贾蓉便从中周旋，两边说情。这边，贾珍同意了，那边，尤二姐的母亲也同意了。贾琏在小花枝巷买下了房，过起了幸福的小日子。后来，贾琏偷娶尤二姐的事被凤姐知道了，她用花言巧语将尤二姐骗进了贾府，然后，再设计将她逼得自尽了。凤姐还向贾蓉兴师问罪，他这媒人当的，赔上了许多的银子，还被婶子痛骂。

贾琏给尤三姐和柳湘莲说媒。不但没有成功，反而还出了人命。贾琏和尤二姐想给尤三姐说门亲事，然而，刚烈的尤三姐并不听别人的摆布，一定要自己找女婿，原来她心中的最佳配偶是柳湘莲。贾琏外出办事，路遇柳湘莲，听得他正欲寻一门好亲，就给他说媒，柳湘莲一听到尤三姐是个绝色的美人，当时就定下了亲，并留下了定情之物鸳鸯剑。后来，他来到京城，心想怎么反倒是女家上赶着男家，这有违于当时的风气。觉得不妥，就去退婚，结果，尤三姐悲愤绝望之余，举剑自尽。柳湘莲悔恨交加，出家去了。

《红楼梦》里精彩的片断

一、宝玉笑道:"虽然未曾见过她,然我看着面善,心里就算是旧相识,今日只作远别重逢,未为不可。"

黛玉初到贾府之时,见到了宝玉,心中吃了一惊,好像在哪里见过一般,何等眼熟,宝玉见到黛玉也是同样的感觉,宝玉惊呼这个妹妹我见过,贾母笑他又在胡说。宝玉笑道:"虽然未曾见过她,然我看着面善,心里就算是旧相识,今日只作远别重逢,未为不可。"他们之间的缘份,早在三生石畔时就已结缘,故事的开篇神话部分,顽石和草木结下木石情缘,神瑛侍者,日以甘露灌溉绛珠草,绛珠草修炼成人形之后,要报答神瑛侍者的恩情,下凡来要以一生的眼泪偿还。开始了缠缠绵绵的还泪之旅。在《红楼梦》第四十九回时,宝玉劝黛玉不要自寻烦恼了,总是哭。黛玉拭泪道:"近来我只觉心酸,眼泪却像比旧年少了些的。心里只管酸痛,眼泪却不多。"真让人从心里疼惜黛玉,她并不知道前世的情缘,也不知下凡是来还泪的。眼泪越来越少,预示着生命的能量也越来越少,泪还完了,岂不是要返回仙界了吗?

二、宝玉笑道："不值什么，你们说给我的小幺儿们就是了。"

宝玉来梨香院看宝钗的路上，遇到几个荣国府管事的头目，他们为了讨好宝玉，向他索取书法作品，说是在好几处看到了宝玉写的字，众人都称赞得了不得。宝玉听后信以为真，得意地向他们说道："不值什么，你们说给我的小幺儿们就是了。"这些人都是贾府的管理人员，请了安，又问好，一个抱住腰，另一个携着手，对贾母的掌上明珠宝玉那是亲热的不得了。一个十来岁的少年，书法水平能有多高？他们极力奉迎讨好宝玉，脸上笑成了一朵花。其实，这些都是他们生存的需要，并非出自真心实意。对此，脂砚斋在甲戌本眉批当中指出："余亦受过此骗，今阅至此，赧然一笑。"就如当今那些所谓的名人字画，其书法作品真有那么好吗？

此时，走在去梨香院路上的宝玉意气风发，并不介意，一面说，一面走，众人目送他走过去，方各自散去。

三、宝玉看了，也念两遍，又念自己的两遍，因笑问："姐姐这八个字倒真与我的是一对。"

宝玉去看望正在生病中的宝钗，宝钗看了宝玉的玉石，"只见大如雀卵，灿若明霞，莹润如酥，五色花纹缠护"。而此时大家并不知道这是癞僧所镌。上面刻有八个字，写着："莫失莫忘，仙寿恒昌。"莺儿笑说倒像和宝姑娘项圈上的两句是一对。宝玉听说后，一定要看一看。宝钗把金项圈递给了他，上面也有八个字，刻着："不离不弃，芳龄永继。"莺儿笑说来历，原来是个癞头和尚送的两句吉利话，还说必须錾在金器上。宝玉和黛玉的情，是前世与今生的情。他们相恋相爱，却没有婚姻的缘分，是一场爱情的悲剧。木石前缘终抵不过金玉姻缘，这是天意，岂是人力可违的？黛玉也曾感慨万端，"既有金玉之论，亦该你我有之，则又何必来一宝钗哉！"也许，当初在警幻仙子前挂号，只说是报恩还泪，并没有许下姻缘。警幻仙子跟绛珠仙子说道："灌溉之情未偿，趁此倒可了结的。"而那一僧一道也知此事，却将宝玉的婚姻早已定给了宝钗。因此才有宝玉和宝钗的金玉良姻的故事。

四、凤姐儿正自看园中景致，一步步行来赞赏。

宁国府开家宴，这一天是贾敬的生日，他在观中修炼，想做神仙，因此，并不回家来。尽管如此，宁国府仍然大摆宴席庆祝生日，还在园中唱戏，十分地热闹。凤姐和宝玉由贾蓉陪同，抽空来看望病中的秦可卿，宝玉流下了眼泪，凤姐心里也很难受，她和侄儿媳妇可卿关系最好，她们是闺蜜。凤姐劝解安慰了一番，就赶紧往回走，因为还要陪同众人看戏。她走出院外，但只见："黄花满地，白柳横坡。小桥通若耶之溪，曲径接天台之路。石中清流激湍，篱落飘香，树头红叶翩翩，疏林如画。西风乍紧，初罢莺啼，暖日当暄，又添蛩语。遥望东南，建几处依山之榭，纵观西北，结三间临水之轩。笙簧盈耳，别有幽情；罗绮穿林，倍添韵致。"

这一段景物描写特别精彩，看了让人喜欢。更何况笙簧盈耳，别有幽情。可有的人据此就说凤姐心真大，刚才还悲悲切切，转眼就云淡风轻，欣赏起这么优美的景色来了，由此可见凤姐的心肠有多么硬，并且怀疑凤姐和可卿之间的友谊。其实，这样的转变过程很是自然，人在悲伤难过的时候，就有一种想要摆脱掉不良情绪的需求，否则，会不利于健康。园中的美景不仅仅是园林艺术美感，更有一种愉悦心灵的作用。人们感到烦闷的时候，常常要到大自然中去散一散心，排解心中的压力。这也是一种自我平衡的方法，也是一种身体的自救方式。

可卿生病，宁国府此时正在摆家宴庆祝生日，园中正在唱戏，难道也说明荣宁两府的人都无情？凤姐欣赏风景，因为风景就在眼前，顺路欣赏，以调节心情，毕竟生活还要继续，凤姐还要到园中去应酬，在大家面前不能表现出个人的情绪来。另外，这一段景物的描写也是场景的转换，为贾瑞出场做准备。

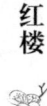

五、袭人说："如今这园子里这些果品有好些种，倒是哪样先熟得快些？"

袭人今天得闲，要去看望凤姐，走至沁芳桥上，"时值秋令，秋蝉鸣于树，草虫鸣于野。"石榴花和荷花早已开过了。这个时节，正是河边的芙蓉花含苞欲放的时候，衬着碧绿的叶更加好看。

袭人一边走一边欣赏着风景，看到祝妈在葡萄架底下赶蜜蜂儿，葡萄长得好，偏偏那些蜜蜂儿总是围着葡萄吃，喜鹊、雀儿也喜欢咬着吃。她是今年新派来管理葡萄园的，袭人看到祝妈如此忙乱，哪里能赶得过来呢？就告诉她一个巧妙的方法，让买办去购买一些小冷布口袋来，套在每串葡萄上，又透风还捂不坏。袭人问她园中的果子哪样先成熟？祝妈说要到月底才能熟透，姑娘如果不信，我给摘一个尝尝。

袭人正色说道，这怎么使得，别说是没熟了，就是熟了也不能先吃。上头还没有供鲜，"你是府里的陈人，连这个规矩也不晓得吗？"袭人懂得规矩，带头遵守。无论在哪个单位工作，懂得遵守规章制度很重要。葡萄虽小，可是，你尝一个，她尝一个，恐怕还没有等到成熟就糟蹋得差不多了。

今年更不比往常，有一回，厨娘柳家的出了一趟门，负责看门的小厮让她去园中摘一些杏儿来，否则，下回再想出去，不给她开门。柳家的说道，今年都分包给个人管理，有人从树下一过，承包这一片的人就特别警惕。昨天，从李子树下走过，刚好有个蜜蜂儿飞过，我这一招手，就被你那舅母看见了，大声嚷嚷起来，还以为摘果子呢。

荣国府里，不但有花园、有菜园、还有果园，府里这么多的人，如何才能做到不乱采摘，承包责任制就是一个好办法。这是探春、宝钗、李纨三人管理期间制定的政策，虽然有监管，毕竟不可能时时到位。即使管理很严格，也还是需要大家自觉遵守规矩。

从《红楼梦》谈教育理念

从古到今,教育都是一个重要的课题,玉不琢不成器,学校的教育固不可少,但是,家庭教育也很重要,如何才能做好家庭教育,方法却各不相同。

李纨出生在诗书之家,父亲为国子监祭酒,相当于现在的北大校长,可他却重男轻女,认为女子应以针织女工为要,认得几个字,知道前朝的一些贤女也就可以了。当时的社会,不允许女人参加科举考试,因此,女子读书无用论就产生了。在这样的家庭教育背景下成长,使得李纨没有多少文化知识,大观园举办诗社活动时,她就不大会作诗,这些都与原生家庭的教育思想有关系。

林黛玉的父母爱女如珍宝,他们见小黛玉极其聪明清秀,就把她当作男孩教养,请了家庭教师教她读书识字。王熙凤也是自幼假充男儿教养的,可惜识字不多,性格倒像是豪爽的男子。

女人们教育子孙的情况如何呢?有宠爱型的。宝玉是贾母的掌上明珠,也是他的保护神,处处护着宝玉;江南甄宝玉淘气异常,不喜欢读书,祖母对他更是溺爱不明,竟然为了护孙而辱师,为此,贾雨村辞职了;薛姨妈对

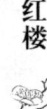

于薛蟠也很宠爱,却经常被气得浑身乱抖。

还有的是教育者本身就有问题,何婆子就是这样的情况,还不如自己的女儿有见识,她原来在梨香院做事,后来又随着芳官被分配到怡红院,无论说话还是做事总是不着调,无理取闹,认为打骂子女天经地义,谁也管不着。对干女儿芳官打骂欺负,引起芳官的反抗,发生了矛盾冲突。后来,见春燕不顺她的心,又大打出手。作为母亲,竟然当众辱骂自己的女儿,并且骂的都是一些不堪入耳的话,让人觉得她是那么昏聩。后来,众人说服教育了何婆子,她泪流满面地请求大家原谅。赵姨娘同样不是一个好母亲,骂起贾环来也是特别恶毒,把他教得歪心邪念的,这一对母子几次对宝玉下黑手,可以说是教育子女的反面教材。何婆子和赵姨娘如此骂自己的孩子,她们难道不爱自己的孩子吗?其实,她们的内心是爱孩子的,只是表达爱的方式让人难以接受。

宝玉的父亲是如何教子的呢?在宝玉一周岁的时候,贾政要试他将来的志向,宝玉抓些脂粉钗环,贾政便大怒,说他将来必是酒色之徒,因此,就不大喜欢了。宝玉长大了,要去上学,来到贾政的书房请安,贾政冷笑道:"你如果再提'上学'两个字,连我也羞死了。依我的话,你竟顽你的去是正理。仔细站脏了我这地,靠脏了我的门!"这严父也过分了些,况且还当着众清客相公们,讽刺宝玉哪是去上学,也就学了些精致的淘气,不仅对宝玉毫不留情,并且连带着众小厮们一起挨骂,声称等到以后闲下来的时候,再跟他们算账!

宝玉最不愿意见到贾政,为了避免见面,宁愿绕道多走路。这天,宝玉带着一群随从,正在大观园戏耍,遇到贾珍走来,告诉他贾政要来大观园了,宝玉领着众人急忙往园外走,却见贾政等一行人顶头走来,躲之不及,只得站住。贾政便命他跟随,一起到大观园里来,众客都料到贾政是要测试宝玉最近是否有些进益,为了让宝玉出彩,他们都题些俗语敷衍。宝玉每题一处,众人皆赞不绝口,夸奖得了不得,贾政则往下打压,防止他骄傲自满起来,只见贾政一会儿骂道:"无知的蠢物!"一会儿又怒喊:"又出去!"大观园试才题对额,宝玉并不看贾政的脸色行事,而是坚持自己的审美观,他慷慨陈词,才华横溢,佳句频出,现场发挥超棒,就连贾政后来也不由地笑了,只是不曾赞美一句。

忠顺亲王府里的人来到贾府,当面质问宝玉,要求说出琪官的下落,贾政气得怒火中烧,贾环趁机诬告,火上浇油,将金钏儿事件进一步扩大化,并且捏造部分情节。再加上宝玉平时荒疏学业,几股怒火集中在一起,贾政拿着板子毒打宝玉,直到贾母赶来才把宝玉救下。贾政的教育方式就是非打即骂,简单粗暴。虽说是慈母严父,可这种方法显然没有什么效果可言,还弄得父子关系特别紧张。

贾赦的教育方法又是如何呢?贾赦袭的一等将军的职位,不知怎么,却看上了石呆子的古扇,派贾琏去买。石呆子坚持不卖扇子,贾赦天天骂贾琏无能,谁知贾雨村知道这事后,利用职权将石呆子抓了起来,把扇子给贾赦弄了来。贾琏说道:"为这点子小事,弄得人坑家败业,也不算什么能为!"贾赦听了大怒,把贾琏打得动不了。虽然贾琏挨了父亲的打,可是,在这件事上,表明他做人做事还是有道德底线,不似贾赦那样贪得无厌,其实,真正应该被惩罚的人是贾赦。

贾珍是族长,又袭了官职,端午节之前,贾母带领着众人去清虚观打醮。这次出行是全家总动员,贾珍忙里忙外照应着,不免心急,问众人贾蓉在哪里?贾蓉从钟楼里跑了出来,贾珍道:"你瞧瞧他,我这里也还没敢说热,他倒乘凉去了!"便命小厮向贾蓉脸上啐了一口,再质问他一些话,又命他回家去叫尤氏,赶紧来这里伺候贾母等人。贾蓉又迁怒于小厮,呵斥他们,极不情意地去执行任务。对于贾珍的教育方法,荣国府的管家赖大的母亲赖嬷嬷也有评论,说他管得倒三不着两的,况且,他自己也不管一管自己。的确,赖嬷嬷说的话很有道理,贾珍花天酒地,没有族长的样子,上梁不正下梁歪,怎么能教育好别人呢?赖嬷嬷又提起贾政和贾赦当年也是没少被父亲打,贾珍的爷爷当年管儿子如同审贼一般暴躁。

实行简单粗暴的棍棒教育的人还有很多，旧传统的人，信奉棍棒之下出孝子的观念。其实，都是封建礼法制度下产生的糟粕，应该摒弃掉这种不良的教育观念，使孩子们能够在平等友爱的家庭氛围中健康地成长。

贾雨村的风雨人生

贾雨村是一位贯穿全书的线索人物，和贾府有着千丝万缕的联系，他混迹于官场，可以称之为奸雄，而奸雄必有雄心壮志，又有才干，具有把握机遇的超强能力，他由正到邪的演变过程，也颇耐人寻味。

甄士隐与贾雨村

雨村是湖州人，也是诗书仕宦之族，因家业凋零，只剩得他一人，欲上京考取功名，无奈经济困顿，暂时住在了葫芦庙，以卖字作文为生。甄士隐家是当地的望族，他淡薄名利，每日以观花修竹、酌酒吟诗为乐。

这天，甄士隐偶遇隔壁住着的雨村，就把他请到家里的书房内闲谈。这时，有友人前来拜见，甄士隐去待客，雨村便留在书房翻书，窗外有一个丫环正在摘花，那丫环也看到了他，只见雨村生得这般雄壮，却又这样褴褛，常听到甄老爷说他必非久困之人，有接济助他之意。心里这么想着，就回望了两次。雨村心中无比激动，想到这样动人的女子，必是有意于他，真是慧眼识英雄。

中秋佳节到了，甄士隐邀请雨村小酌，远处有悠扬的音乐之声，桌上有美酒佳肴，酒助豪情，雨村即兴赋诗一首："时逢三五便团圆，满把晴光护玉栏。

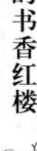

天上一轮才捧出，人间万姓仰头看。"士隐叫好，赞有腾飞之势，雨村诉说自己早有雄心壮志，只因囊中羞涩，无法实现理想。士隐听后，立刻命小童封五十两白银，并两套冬衣相赠。雨村收下了，不过略谢一语，并不介意，仍是吃酒谈笑。第二天，雨村不辞而别，五更天便走了。

时光飞逝，到了元宵节，甄士隐的女儿在看灯时丢了，接着，家里又遭遇了火灾，从此，家业渐渐地败落了下来。他被各种天灾人祸的事情打击得心灰意冷，没过多久，便跟着那个疯跛足道人，飘飘而去了。雨村到了京城之后，一举高中，升为知府，又接走了甄士隐家里的丫环娇杏为小妾，可谓春风得意。

这里有两组兴衰荣辱的对比，甄士隐家由富到贫，贾雨村从贫困书生上升为官员。另一组就是丫环娇杏和小姐英莲的对比。娇杏偶因二回顾，便为人上人。英莲被拐子拐走，由娇宠的小姐变为了备受摧残的待卖小丫环。纵观娇杏从丫环到小妾再升到夫人的过程。她的人生道路是向上的，与英莲的悲惨遭遇对比是如此强烈。

宦海沉浮　喜忧人生

成为了官员的贾雨村，"虽才干优长，未免有些贪酷之弊，且又恃才侮上，那些官员皆侧目而视。"不上一年，便被上司寻了个空隙，向上参了一本，说他："生情狡猾，擅纂礼仪，且沽清正之名，而暗结虎狼之属，致使地方多事，民命不堪。"因此贾雨村被革职了，那些同事无不喜悦。雨村心中又惭愧又愤恨，表面上却不带出来，仍是嘻笑自若，将家属安排回原籍之后，自己却担风袖月，游览天下胜迹去了。

雨村志向高远，岂是服输之人，闻得林如海府上需要一名家庭教师，便托朋友相助，谋了进去。这天，闲来无事，出门散步，在郊外的酒家偶遇老友冷子兴。雨村看重古董商冷子兴是有能为的人，冷子兴欣赏雨村有学问。二人饮酒畅谈，冷子兴细细地演说了荣国府的历史和人物，雨村则大谈"正邪两赋论"。把世上的人分成四种，第一种大慈大仁之人，第二种大奸大恶之人，更多的是介于这两种人之间的普通大众。还有就是第四种人，所谓秉承正邪两赋之气而生成的人。冷子兴谈到贾宝玉，称之为奇异之人，因为雨村曾任甄宝玉的老师，说这两个宝玉的性情及言谈极为相近，他祖母又十分溺爱，为护孙而辱师责子，因此雨村早已辞了职，如今在林如海府上教书。他们谈古论今，开怀畅饮，喝得痛快，正当高谈阔论之时，忽有旧友前来相见，并告知近日的重要新闻，朝廷要重新启用旧员，冷子兴听后献计，让雨村去请求林如海的帮助。

第二天，不等雨村开口，林如海早已给贾政写好了推荐信，请贾政帮助雨村，并资助了此行的费用。恰巧这时贾府派人来接黛玉回京，于是，雨村也就依附着接黛玉的船顺路而来。贾政见雨村相貌堂堂，言谈不俗，又有妹夫的推荐信，便相助于他，轻轻地谋了一个复职候缺，没过多久，又谋补了金陵应天府缺，雨村在大家的帮助之下，再次升了上去。

葫芦僧乱判葫芦案

贾雨村刚一到任，便有一件人命官司要处理，案件其实很明确，因两家争买一个女孩，互不相让，打了起来，而打人的一方就是倚财仗势的金陵一霸——薛家，现在，那些打人的豪奴恶仆们，早已不知去向。雨村听了申诉，怒斥道："岂有这样放屁的事！打死人命就白白地走了，再拿不来的？"正准备发签，旁边的门子急忙给他使眼色，他感到疑怪，便停止审理案件。

原来这门子便是当年葫芦庙里的小沙弥，因葫芦庙失火，便还俗来这里当差。门子给贾雨村拿出了一张"护官符"，上写着有权有势的四大家族，并告诉他，其中的"丰年好大雪，珍珠如土金如铁"之薛，就是这个案件当中的薛家。其实，这个案件并没有什么难以断定之处，之所以拖延了这么久，就是因为人情，谁也不愿惹事。门子又说被抢的这个女孩，就是当年甄士隐家丢了的女儿。门子又帮着贾雨村出计谋，最终，这场官司只严惩了拐卖小

198

孩子的罪犯，其余皆遮掩放过，冯家得到了一笔赔偿资金，也就不再追究了。呆霸王薛蟠竟无事的人一般，继续过着逍遥自在的生活。

贾雨村徇情枉法，胡乱判了此案，开始，他还是有是非观念的，也想除暴安良，还是想主持正义公道的。可是，对方势力强大，经过一番激烈的思想斗争，权衡利弊，最终还是妥协了。也许他是为了报恩，也许是因为有过被革职的经历，不愿再次去担风袖月，游览天下胜迹了。总之，好不容易恢复了官职，岂能轻易再丢掉，自然就顾不得天理正义了，只管昧着良心乱判案了。

事情结束之后，贾雨村又恐怕门子对人说出当日贫贱时的事来，况且，这个人还掌握了断案的整个过程，这等人物，岂能留在身边，所以，没过多久，便寻了一个空隙，远远地打发走了门子。

强取豪夺　伤天害理

不知从什么时候起，贾雨村和贾赦渐渐地勾结到了一起，夺取石呆子那些名贵的扇子一案，他由过去的被动做坏事，变成了主动作恶。贪婪无耻的贾赦，看上了石呆子的古扇，就派贾琏去弄，而这些古扇全是湘妃、棕竹、麋鹿、玉竹的，皆是古人写画真迹。贾琏出 500 两银子想要买下来，可石呆子的态度坚决，誓死保卫属于自己的珍贵的扇子，就是一千两一把也不卖，贾琏只得作罢。

没想到这件事被贾雨村知道了，为了讨好贾赦，竟然想出一个办法来，讹石呆子拖欠了官银，抓到衙门里去，让他变卖家产赔补。石呆子家一贫如洗，接下来，就把扇子抄了来，做了官价，给贾赦送来。那石呆子视扇子比命还要重要，也许这是祖上留下来的宝物，也许是他自己置办下来的财产，如今被贾雨村掠夺，把石呆子坑害的也不知是死是活。贾琏听到之后，于心不忍，说了几句对此事不满的话，被父亲贾赦痛打了一顿。气得平儿咬牙说道："都是那贾雨村什么风村，半路途中那里来的饿不死的野杂种！认了不到十年，生了多少事出来！"。

　　贾雨村侵害百姓，做出这等伤天害理的事情，真是越来越坏了。后来，贾府被抄家而败落了，这件事也是其中的一个重要原因，贪得无厌的贾赦受到了严惩，而制造冤案的贾雨村，最后当然没有什么好下场。只是，他会不会想起那年路过智通寺的时候看到的对联呢？"身后有馀忘缩手，眼前无路想回头。"

分析贾府衰败的原因

经典名著《红楼梦》反映了四大家族的兴衰史,其中贾府的富贵奢华被形容为"贾不假,白玉为堂金作马"。可是,后来却落了片白茫茫大地真干净,贾府是历经百年荣华富贵的豪门,为什么会从繁华到败落,其中的原因有很多。

降等承袭,最后归零

荣宁两府以军功而封侯,清代实行的爵位世袭制度是随代降等承袭,除了铁帽子王之外,都要遵守这样的规则,随代降等到了宝玉这一代,就要归零了,这也是贾府处于末世之说的来源。如果不参加科举考试,那就无官可袭了,这正是贾政要求宝玉读书的原因。林如海家同样也是这种情况,祖上也是侯爵,随代降等归零之后,林如海参加科举中了探花。这样的世袭制度制约了那些封侯的贵族,将他们从权力的中心地位,逐步降低,最后消解。

不思进取,缺乏人才

贾府面临这样的处境,然而,他们似乎并没有危机感,相反,他们安富尊荣，享受着荣华富贵的生活。在《红楼梦》第二回当中，冷子兴演说荣国府，就谈到了这个情况，冷子兴笑道："如今生齿日繁，事务日盛，主仆上下，安富尊荣者尽多，运筹谋划者无一，其日用排场费用，又不能将就省俭，如今外面的架子虽未甚倒，内囊却也尽上来了。这还是小事。更有一件大事，谁知这样钟鸣鼎食之家，翰墨诗书之族，如今的儿孙，竟一代不如一代了！"宁国府到了贾敬这一代，正是"箕裘颓堕皆从敬，家事消亡首罪宁"。因贾敬一味地好道，想做神仙，根本不管宁国府的事务，倒让给儿子贾珍袭了官，贾珍只知吃喝玩乐，穷奢极欲，是个无耻之徒，身为族长，没有做到以身作则，没有起到好榜样的带头作用，儿子贾蓉也不爱读书，整日游手好闲。

荣国府中，贾赦袭了官，为一等将军，同样也是荒淫无度。贾琏也没有好到哪里去，都是不思进取之人。只有贾政属于正派之人，认真读书，勤勤恳恳地做官。他的官职属于格外开恩，额外赐了一个主事之衔，后来升了员外郎。宝玉年龄还小，最不喜读书，最爱在女孩子群中混，宝钗和湘云劝他读书，也学一些仕途经济，将来参加科举考试，振兴家业，宝玉还非常气愤，翻脸不认人，并发泄不满的情绪。贾环举止荒疏，歪心邪念，也不大好好读书。唯一可寄托家族希望的就只有贾兰了。可惜他还年幼，等到长大后才立了军功。那时的贾府早已是"树倒猢狲散"的局面了。

奢侈浪费，不知节省

元春被封为贤德妃，这是一件大喜的事情，贾府众人皆欢天喜地。元春省亲，真是烈火烹油、鲜花着锦之盛。只见园内各处，帐舞蟠龙，帘飞彩凤，金银焕彩，珠宝争辉，贾妃看到这样的豪华，不禁叹息奢华过费。她劝道："以后不可太奢，此皆过分之极。"元春省亲，这也不过是瞬息的繁华，一时的欢乐。花费巨资建造大观园，大兴土木，铺张浪费严重，加速了贾府的衰败，用族长贾珍的话来说："再两年再一回省亲，只怕就净穷了。"

贾赦在家高卧，贾政不惯于俗务，他们只听别人的汇报，都不大认真管事，全凭着贾珍、贾琏等人料理，许多事又交给管家和清客们具体办理。其中去姑苏聘教习，采买女孩子，置办乐器行头等项的费用就很惊人，因这件事让贾蔷去办，贾琏问这一项的银子如何支取，贾蔷回答道："赖爷爷说，竟不用从京里带下去，江南甄家还收着我们五万银子。明日写一封书信，汇票我们带去，先支三万，下剩二万存着，等置办花烛彩灯并各色帘栊帐幔的使费。"可想而知，各种项目的支出有多少银子了。其实，从外面请一个戏班子，可以节省许多的银子。自己家里养活唱戏的，花费自然不会少。还有十二个小沙弥和十二个小道士，省亲结束之后，也没有散去，挪出大观园来，养在了家庙里，这一项工作，凤姐答应了贾芹管理，并且给他提前从银库里支出来三个月的供给，白花花的二三百两银子到了贾芹的手里。要知道，刘姥姥曾经说过，二十两银子够她们这样的庄户人家一年的生活费用了。

安富尊荣，坐吃山空

荣宁两府的佣人实在太多了，内部消耗很大。虽然手头可供支配的银子日渐减少，可是，一时也放不下大户人家的架子，不能失了体统，排场也不能比从前小，要顾及脸面，只能硬撑着摆阔。这就是由俭入奢易，由奢入俭难。

宁国府举办秦可卿葬礼场面之隆重，花费之巨大，令人惊叹。凤姐协理宁国府的时候，光是在内部听差的女人就有很多，凤姐命彩明定造簿册，照着花名册来分配任务，这二十个一班，那四十个一班。总共是134人，下剩的按着房屋分开，各守一处，又不知增添了多少人。在外面听差的男人们一共有多少，也没有统计。而宁国府的主子算上后来贾蓉的续妻也就是四个人。

荣国府的下人也很众多，小姐们进大观园前，每人除自幼乳母外，另有四个教引嬷嬷，除贴身掌管钗钏盥沐两个丫环外，另有五六个洒扫房屋来往使役的小丫环。搬进大观园后，每一处添两个老嬷嬷，四个丫头，除各人奶娘亲随丫环不算外，另有专管收拾打扫的。怡红院派的丫头们更多，袭人等八个大丫头，佳蕙等八个小丫头，还有奶娘们，另外还有众多值班的婆子们，由于人数太多，就连宝玉都不认识本院的小红和惠香。大观园出现了绣春囊事件，凤姐提议，趁着这个机会裁员，也可省些用度，少发放些月钱，王夫人不同意，她担心姑娘们受委屈，若是和过去相比较，如今她们家的排场已经差得很远了。宁可自己节省些，也不愿再降低别人的待遇了。一次，麝月跟一个媳妇辩论时说道："家里上千的人，你也跑来，我也跑来，我们认人问姓，还认不清呢！"贾府的管家林之孝，曾经对贾琏说起过贾府的人口太重了，还不如把那些出过力的老一代的仆人都开恩放出去，一是他们自己原来都有营生可干，二是府里也可节省些月钱、米钱。还有就是丫环们也太多了，各房都应该减少名额，不可再和先前比了。贾琏虽然赞同管家的提议，可是，想到贾政刚回来，家人团聚，又有许多的事情需要处理，若提起这些事，似乎不妥当。

贾府里年轻的女孩子们都很优秀，探春在宝钗的协助下，想尽办法开源节流，对荣国府的现状进行改革，包干到人，实行承包责任制，很有成效，对于重复浪费的项目，都停止发放经费，又节省了一笔开支。对此，聪明伶俐的黛玉很是赞赏，黛玉道："要这样才好，咱们家里也太花费了。我虽不管事，心里每常闲了，替你们一算计，出的多进的少，如今若不省俭，必致后手不接。"宝玉笑道："凭他怎么后手不接,也短不了咱们两个人的。"黛玉听了，转身找别的姐妹去了。宝玉只知玩乐，并不关心家里的经济状况，也没有危机感，认为享福的日子会长长久久。探春的三人组合给人们带来了新的希望，可是，随着凤姐再次复出重新主持工作，一切都停滞不前了。

损公肥私，吃拿卡要的人多

荣国府中的管理者王熙凤，利用手中的权利，实现自己对于金钱的追求，将府里大家的月钱提前从库里支出来，然后，到外面放高利贷。她赚利钱，又把自己的月钱也积攒起来放出去，光这一项，不到一年就赚得上千两的银子。一个私心这么重的人管理着荣国府，可想而知会是什么样的结果，就连贾琏托她办事，她都要抽得利钱，后来，又把贾琏放到尤二姐屋里的私房钱全部夺了过来。

还有那些管事的人，也是背靠着大树好乘凉，从管理者名字的谐音就可以看出是些什么人了，银库房的总领名唤吴新登（无星戥），仓上的头目名戴良（大量），买办名唤钱华（花钱）。围绕在贾政周围的清客相公们，单聘仁（善骗人）、卜固修（不顾羞）、詹光（沾光）、胡斯来（胡来）、程日兴，贾府的很多事情，全凭着这些清客相公们给办理，后果可想而知。

宫中的太监也前来敲诈勒索。夏太府派出一个小太监来到贾府，贾琏和王熙凤料到这又是来要银子的，于是，贾琏藏了起来，王熙凤出面与其周旋。小太监说，夏爷爷要借二百两银子，上次还借了一千二百两银子没送来，等到了年底一齐送过来。王熙凤只得给了，等小太监拿着银子走了，贾琏出来说道："昨儿周太监来，张口一千两。"可见，前来敲诈勒索钱财的状况接二连三，以借为名，实际上就是明着要钱，略微答应慢一些就不自在。贾府的经济状况已经衰败了，还要应付这些额外的支出。

元春之事，使贾府失去靠山

在《红楼梦》前八十回当中，没有写到元妃之死，从第五回元春的判词和曲子当中可以看出，元春是"虎兔相逢大梦归"，具体的情节不得而知，也不好去推测。但是，有一点是明确的，元妃是贾府的政治靠山，一旦失去了权力的庇护，势必会雪上加霜，加速了贾府的衰败。

贾赦与贾雨村相互勾结，为了得到一些古扇，竟然捏造罪名，将石呆子抓了起来，做出了这样伤天害理的事情，而贾雨村还涉及乱判案的事情，将来这些事件被揭发，必定会治罪。还有王熙凤制造的那些案件，将来都会被清算。贾府还曾经替江南甄家藏匿物品，还有其他的种种罪行无论是哪一件事先发，都会带来一连串的连锁反应，四大家族之间又互相牵连，互相影响，所有的负面因素相加，贾府的衰败则是在所难免。《红楼梦》揭示了封建社会的腐朽和没落，也反映出必然走向败落的根源，贾府就是非常典型的例子。